William Somerset Maugham
서머셋 몸 작품집

서머셋 몸 지음 / 이호성 옮김

국립중앙도서관 출판예정도서목록(CIP)

서머셋 몸 작품집 / 지은이 : 서머셋 몸 / 옮긴이 : 이호성.
파주 : 범우, 2017
p. ;   cm

원저자명 : William Somerset Maugham
연보수록
영어 원작을 한국어로 번역
ISBN 978-89-6365-164-4 04840 : ₩9000
ISBN 978-89-6365-161-3 (세트) 04080

영국 소설[英國小說]

843.5-KDC6
823.912-DDC23   CIP2017008009

차 례

이 책을 읽는 분에게 ● 5

척척박사 ● 11
편 지 ● 26
약 속 ● 97
삼십육계 줄행랑 ● 112
비 ● 122
최후의 심판 ● 208
메이휴 ● 219
개미와 베짱이 ● 227

연 보 ● 237

이 책을 읽는 분에게

서머셋 몸W. Somerset Maugham은 파리 주재 영국대사관에 근무하던 고문변호사의 아들로 1874년에 파리에서 태어났다. 8세 때 어머니가 죽고 2년 뒤에 아버지마저 세상을 떠난 뒤, 영국에서 목사로 있던 숙부 밑에서 자랐다.

1년 동안 독일의 하이델베르크 대학에서 수학한 뒤 런던의 성토마스 의과대학에 입학하였는데, 이 무렵부터 작가가 될 뜻을 세웠다.

1897년에 의과대학을 졸업하고 의사자격증을 취득했으나 의료 활동을 포기한 채 작가 생활로 들어가 소설·희곡 등을 계속 쓰다가, 그의 희곡 네 편이 런던의 네 군데 극장에서 동시에 상연됨으로써 명성을 떨치게 되었다.

대중성을 존중했던 그의 작품 세계의 특색은 통속적이나 스스럼없는 문체로 이야기를 재미있게 엮어 나가면서 독자를 매혹시키는 동시에, 인간이란 복잡하고 불가해한 존재라는 것을 날카롭게 묘사하는 점에 있다. 아울러 그의 작품은 통속적 흥미, 오묘한 구성, 기교와 풍자, 그리고 동양의 신비에 대한 동경도 꾸준히 보여주고 있다.

1897년 그의 처녀작인 《램베스의 라이자》장편를 발표하여 문단의 주목을 끌기 시작했는데, 이 작품은 런던의 빈민가를 무대로 한 자연주의 경향의 것이다.

제1차 세계대전 직전에 완성한 《인간의 굴레》는 1915년에 출간되었는데, 이는 고독한 청소년 시절을 거쳐 인간에 대한 불가지론적이며 유미주의적인 인생관을 확립하기까지의 작자의 정신적 발전의 자취를 더듬은 자서전적 대작으로서 그의 대표적 걸작이다. 그러나 출간 당시에는 별로 인정을 받지 못했다.

제1차 세계대전 때에는 군의관으로 근무하다가 첩보부원으로 활동하기도 했으며, 1917년에는 중요한 임무를 띠고 혁명하의 러시아에 잠입하기도 했다.

그의 유미주의적인 태도는 화가 고갱의 전기(傳記)에서 암시를 받아 쓴 소설 〈달과 6펜스〉1919에서 더욱 뚜렷이 나타났으며, 이 작품으로서 그의 작가적 위치가 확립되었다.

그는 전 생애에 걸쳐 많은 작품을 남겼는데, 장편으로는 앞에서 이야기한 두 작품 외에도 〈과자와 맥주〉1930, 〈극장〉1937, 〈면도날〉1937 등과 희곡으로는 〈순환〉1921, 〈높은 사람들〉1923. 그리고 자서전적 회상을 그린 〈서밍 업〉1938, 〈어느 작가의 수첩〉1949 등을 대표작으로 들 수 있다.

그는 또 백 편이 넘는 단편을 썼는데, 그 중에는 〈비〉나 〈편지〉처럼 오히려 중편이라고 할 만한 비교적 긴 것도 있고, 〈개미와 베짱이〉 〈메이휴〉 같은 극히 짧은 것도 있다.

여기에 실린 단편들은 《서머셋 몸 단편전집》을 텍스트로 하였고, 그 중에서 작가의 특색을 가장 잘 나타내고 있다고 생각되는 중·단편 여덟 편을 골라 한데 묶은 것임을 아울러 말씀드린다.

옮긴이

William Somerset Maugham

서머셋 몸 작품집

척척박사

 막스 켈라다란 사람을 알기도 전에, 나는 도저히 그와 친해질 것 같은 생각이 들지 않았다.
 세계대전이 막 끝난 때여서 해상을 왕래하는 여객선들은 초만원을 이루었다. 따라서 객실 예약은 하늘의 별 따기만큼 힘들어 대행사에서 알선해 주는 방으로 만족하는 수밖에 없었다. 자기 혼자 객실을 독차지한다든지 하는 것은 상상조차 할 수 없었다. 그렇기 때문에 나는 침대가 둘 있는 방을 배당받았는데도 오히려 감지덕지했을 정도다.
 그러나 같은 객실에 투숙할 여행자의 이름을 들었을 때 그만 기가 꺾이고 말았다.
 그 이름은, 현창舷窓을 꼭 달아서 밤 기운 따위가 전혀 스며들지 않게 하는 그런 인간을 연상케 했다. 상대가 누구든지 간에 14일 동안이나 나는 샌프란시스코에서 요코하마까지 가는 길이었다 한 방을 나눠 써야 한다는 것만으로도 낙심천만인데다가, 상대방의 이름이 스미스나 브라운이었다면 그토록 당황하지는 않았으리라.

배에 오르니, 켈라다 씨의 짐은 벌써 객실로 운반되어 있었다. 그것을 보자 왈칵 화가 치밀었다. 그곳에는 여러 호텔의 딱지가 더덕더덕 붙은 슈트케이스와 턱없이 큰 의상 트렁크가 놓여 있었다. 그 사람은 벌써 화장 도구를 풀어 놓고 있었는데, 모두가 값비싼 코티 화장품이었다. 왜냐하면 화장대 위에 코티 향수, 샴푸, 머릿기름이 놓여져 있었기 때문이다. 켈라다 씨의 브러시는 금으로 자기 이름의 첫 글자를 새겨 넣은 흑단黑檀으로 만든 것이었는데, 오히려 문질러서 깨끗이 해야 될 정도로 때가 잔뜩 끼어 있었다. 켈라다란 사람을 도대체 미워하지 않을 수가 없었다.

나는 흡연실에 들어가 트럼프를 달라고 하여 혼자 카드놀이를 시작하였다. 그것을 막 시작하자마자 한 남자가 다가오더니 "당신 이름이 아무개라고 생각되는데 틀림없죠?" 하고 물었다.

"전 켈라다라고 합니다."

이렇게 덧붙이고, 그는 반짝이는 이齒를 드러낸 채 미소를 지으며 앉았다.

"그렇습니다. 당신하고 한 방이죠, 아마."

"참 운수가 좋았다고나 할까요. 어떤 사람과 같은 방을 쓰게 되는지 궁금했는데……나는 당신이 영국 사람이라는 것을 듣고 매우 기뻤습니다. 우리 영국 사람은 외국에 나가면 서로 일치단결한다는 것을 잘 알고 있거든요. 제 말을 이해하시겠어요?"

나는 눈을 깜박거렸다.

"당신 영국 사람이오?" 나는 좀 싱겁게 물었다.

"물론이죠. 설마 제가 미국 사람처럼 보이긴 않겠지요? 저는 순수한 영국 사람이랍니다, 솔직이 말씀드려서."

그것을 증명이라도 하듯이, 켈라다 씨는 그의 포켓에서 여권을 꺼내더니 내 코 앞에서 살랑살랑 흔들어 보였다.

조지왕은 다양한 신민臣民을 다스리고 있었다.

켈라다 씨는 자그마한 키에 탄탄한 몸집, 말끔하게 면도를 한 까무잡잡하고 통통한 사람이었는데, 그는 매부리코와 크고 반짝거리는 눈을 가지고 있었다. 그의 길게 자란 까만 머리칼은 매끄럽고 곱슬곱슬하였다. 그는 영국 사람과는 딴판으로 유창하게 지껄이고 제스처도 매우 풍부했다. 만일 내가 그 영국 여권이라는 것을 좀더 자세히 눈여겨 보았다면, 켈라다 씨는 보통 영국 본토에서 보이는 것보다는 더 푸른 하늘 아래에서 태어난 사람인 것이 확실히 드러났을 것이라고 나는 확신했다.

"무엇을 드실래요?" 하고 그는 내게 물었다.

나는 어리둥절해서 그를 쳐다보았다. 당시 미국에서는 금주법이 시행되고 있었기 때문에 아무리 보아도 선내船內에는 술이라곤 한 방울도 있을 것 같지 않았다. 목만 마르지 않다면 내게는 진저에일 생강으로 맛을 낸 비알콜성 청량음료 이건 레몬스쿼시 레몬즙을 탄 소다수 건 아무런 상관이 없었다. 그러나 켈라다 씨는 내게 동양인적인 미소를 보냈다.

"하이볼이건 드라이마티니건 그저 말씀만 하시구려."

양쪽 바지 뒷주머니에서 작은 병을 하나씩 꺼내더니, 그것을 내 앞에 있는 테이블 위에 놓았다.

내가 마티니를 골라 집었더니, 그는 승무원을 불러 얼음을 큰 컵으로 하나 가득히 그리고 빈 컵을 두 개 가져오라고 일렀다.

"참 근사한 칵테일이군요."

"이걸 꺼내 온 곳에는 아직도 얼마든지 있어요. 혹시 이 배에 친구가 계신다면, 이 세상 술이란 술은 죄다 갖고 있는 사람을 알고 있다고 말씀하셔도 좋습니다."

켈라다 씨는 마구 지껄였다. 뉴욕 이야기를 꺼냈다가, 이번에는 샌프란시스코 이야기를 했다. 그는 연극, 영화, 정치 할 것 없이 닥치는 대로 언급했다. 그는 애국자이기도 했다. 유니언 잭영국의 국기은 우리 영국 사람이 보면 좀 엄숙한 기분이 드는 휘장이긴 하지만, 알렉산드리아 나일강 연안에 있는 이집트 제2의 도시 나 베이루트 레바논의 수도 에서 온 신사가 그것을 자랑하게 되면 어쩐지 좀 위엄이 떨어질 거라고 나는 느끼지 않을 수가 없다. 켈라다 씨는 치근치근하게 굴었다.

나는 허식을 부리고 싶은 것은 아니지만, 전혀 낯선 사람이라면 내게 말을 걸 때에는 이름 앞에 미스터라는 호칭을 붙이는 것이 당연하다고 생각한다. 그런데 켈라다 씨는 분명 나를 편하게 해주려는 노파심에서인지는 모르지만 형식적인 경칭을 일절 사용치 않았던 것이다. 이런 켈라다 씨가 나는 싫었다. 나는 그가 옆에 앉았을 때 트럼프를 치워 버렸는데, 첫번째 만남의 대화로서는 이쯤하면 충분하다고 생각하여 다시 카드놀이를 시작하였다.

"그 4 위에 3 을 놓아 보세요" 하고 켈라다 씨가 끼여 들었다.

카드놀이를 혼자 하고 있을 때, 자신이 아직 카드를 잘 들여다보기도 전에 뒤집은 카드를 여기 놓아라 저기 놓아라 하고 간섭받는 것만큼 약이 오르는 일은 없다.

"됐어, 떨어지는가 보군. 잭 위에 10을 놓아 보아요" 하고 그가 큰 소리로 말했다.

나는 분노와 증오로 가슴을 태우면서 카드놀이를 끝냈다. 이번에는 그가 트럼프를 집어 들었다.

"트럼프 요술을 즐기시나요?"

"아뇨, 요술은 질색입니다."

"그럼, 이것 하나만 해볼게요."

그는 내게 세 가지를 해보였다. 그것이 끝나자 나는 식당에 가서 자리를 잡아야겠다고 말했다.

"아아, 그건 염려할 것 없어요. 당신 자린 벌써 잡아 두었죠. 우리는 선실도 같으니 기왕이면 식탁도 같은 것이 좋겠다고 생각했거든요."

정말 나는 켈라다 씨가 지긋지긋하게 싫었다. 그와 한 방에서 지내고 하루 세 끼의 식사를 같은 식탁에서 했을 뿐만 아니라, 내가 갑판을 거닐 때면 으레 그도 뒤따라오게 마련이었다. 그를 따돌린다는 것은 거의 불가능했다. 자기가 귀찮게 여겨지지나 않을까 하는 생각은 그의 머리 속에는 털끝만큼도 떠오르지 않는 것처럼 보였다. 그는 자기가 상대편을 만나는 것을 기뻐하는 것처럼 상대방도 자기를 만나는 것을 기뻐한다고 굳게 믿고 있었다. 만일 내 집이었다면, 그를 아래층으로 차 버리듯 쫓아내고 그가 환영받지 못하는 손님이라는 그런 생각이 머리 속에 번쩍 떠오르게 하는 일도 없이 그의 면전에서 문을 쾅 닫아 버렸을 것이다.

그는 사람을 사귀는 데 능숙하여 사흘이 지나자 배에서 모르는 사람이 없게 되었다. 무엇이든 그가 도맡아서 지휘

했다. 도박을 관리하고, 경매를 맡아 보기도 했다. 돈 내기 운동 시합을 하기 위해 돈을 모으기도 하고, 고리던지기 시합이나 골프 시합을 개최하기도 했다. 음악회를 조직하는가 하면 가장 무도회도 계획했다. 언제, 어디를 가도 그가 눈에 띄는 것이었다.

정말 그 배에서 이 사람만큼 미움을 받은 사람도 없었을 것이다. 우리는 그를 면전에다 두고도 척척박사라고 불렀다. 그는 이것을 오히려 찬사讚辭로 받아들였다. 그러나 가장 참기 어려운 것은 식사 때였다. 그때에는 한 시간을 거의 다 우리를 자기 마음대로 들볶았던 것이다. 그는 활발하고, 쾌활하고, 수다스럽고, 따지기를 좋아했다. 그는 어떤 일이든 간에 어느 누구보다도 잘 알고 있었다. 그의 의견에 어느 누가 반대라도 하면, 그건 그의 거만한 허영심에 대한 모욕이 되는 것이었다. 아무리 보잘것없는 주제라고 할지언정, 상대방을 자기의 사고방식으로 끌어넣기 전에는 이야기를 끝맺으려 들지 않았다. 자기가 어쩌면 틀렸을지도 모른다는 그런 의심이 그의 뇌리를 스쳐 지나간 적은 거의 없었다. 그는 언제나 무엇이든 다 알고 있는 사람처럼 행동했다.

어느 때 우리는 선의船醫의 테이블에 앉아 있었다. 그때에도 만약 거기에 람제이라고 불리는 남자가 없었다면, 켈라다 씨는 기어이 자기 고집을 관철시키고야 말았을 것이다. 왜냐하면 의사는 그저 핀둥핀둥 될 대로 되라는 식의 그런 위인이었고, 나는 무뚝뚝하게 무관심한 태도를 취하고 있었기 때문이다.

그런데 이 람제이란 사람도 켈라다 씨에 못지않은 독단가여서, 이 레반트 사람 시리아, 레바논 등을 포함한 지중해 연안 사람. 여기서는 켈라다 씨를 가리킴 의 유아독존적인 태도를 몹시 못마땅하게 여기고 있었다. 그러므로 이 두 사람이 옥신각신하고 있던 토론은 그야말로 격렬하고 그칠 줄을 몰랐다.

람제이 씨는 미국영사관 직원이었는데, 그때 고베에 주재하고 있었다. 그는 미국 중서부 출신으로 몸집이 크고 육중한 편이었으며, 단단한 피부와 팽팽한 근육으로 몸뚱이가 기성복 밖으로 툭 튀어 나올 것 같았다. 그는 고향에서 홀로 1년을 지낸 아내를 데려오기 위해 뉴욕으로 부랴부랴 갔다가, 지금 부인과 함께 자기 직장으로 돌아가는 참이었다. 람제이 부인은 거동도 눈에 거슬리지 않고 유머 감각이 있는 무척 아리따운 여인이었다. 영사관의 일이란 수입은 그리 좋지 못한지, 부인은 항상 아주 수수하게 차려 입고 있었다. 그러나 옷맵시를 내는 데는 어느 누구에게도 손색이 없었다. 은은하면서도 개성이 있는 것처럼 보였다. 부인이 어떤 특징을 지니고 있지 않았다면, 아마 나는 유달리 그녀를 주목하지 않았을는지도 모른다. 그것은 여성의 경우에는 그리 신기할 것도 없는 성질이겠지만, 오늘날의 여인들의 태도 속에는 그다지 뚜렷이 드러나 있지 않는 것이었다. 그런데 이 여인만은 한 번 보기만 하면 그 겸손한 거동에 누구나 깊은 감명을 받지 않을 수가 없었다. 그것은 말하자면 코트에 꽂은 한 떨기 꽃처럼 그녀에게서 빛나고 있었다.

어느 날 저녁 식사 때에 우연히 이야기가 진주에 관한 문제로 옮아 갔다. 교활한 일본인이 만들고 있었던 양식養殖 진주가 당시의 신문지상에서 떠들썩하게 화제가 되고 있었다. 그러한 양식 진주가 만들어져 나온다면, 진짜 진주의 가치는 어쩔 수 없이 떨어지게 마련이라는 것이 의사의 의견이었다. 이미 꽤 좋은 것이 나와 있고, 멀지 않아 완전한 것이 될 것이라고 하였다. 아니나 다를까, 켈라다 씨는 이 새로운 화제에 습관적으로 덤벼들었다. 그는 진주에 관하여 알아야만 될 사실들을 하나에서 열까지 차근차근 우리들에게 이야기하여 주었다. 람제이 씨는 진주에 관해서는 전혀 알지 못했지만, 레반트인에게 일격을 가할 기회를 놓칠 수는 없었다. 5 분쯤 지나자, 우리는 가열된 토론의 한복판에 휩쓸려 들었다.

나는 이미 켈라다 씨가 열변을 토하는 것을 본 적이 있었지만, 이때만큼 그가 격렬하게 웅변조로 휘몰아치는 것을 본 적은 없었다. 드디어 람제이 씨가 말한 무엇에 울화가 치밀었는지, 그는 테이블을 치면서 이렇게 외치는 것이었다.

"이것 봐요. 난 내가 지금 지껄이고 있는 것에 대해서는 응당 알고 있어야 하지요. 내가 지금 일본으로 가고 있는 것은, 다름 아닌 일본의 이 진주 사업을 조사하러 가는 것이란 말이에요. 난 이 방면이 본직이어서, 세상에서 내가 말하는 것이 틀렸다고 반박할 만한 사람은 아무도 없어요. 나는 세계에서 가장 가치 있는 진주란 진주는 다 알고 있으며, 가령 진주에 대해서 내가 모르는 게 있다면 그런 것은 애당초 알 만한 가치가 없는 것이지요."

이것은 새로운 소식이었다. 그 까닭은 그렇게 수다를 떨던 켈라다 씨도 이때까지 자기 직업이 무엇인가를 누구에게도 말한 적이 없었기 때문이다. 우리는 그저 어렴풋이 그가 어떤 용무를 띠고 일본에 가는 중이라는 것을 짐작하고 있을 따름이었다. 그는 의기양양한 표정으로 우리들을 둘러보았다.

"그들은 나 같은 전문가가 진짜와 쉽사리 구별하지 못할 만한 양식 진주를 결코 만들어 낼 순 없을 것입니다."

그러고 나서 그는 람제이 부인이 걸고 있던 목걸이를 가리켰다.

"부인께선 제 말을 믿어 주시겠지요. 부인께서 지금 걸고 계신 목걸이는 언제까지나 현재의 가치에서 일전 한푼 떨어지지 않을 겁니다."

람제이 부인은 수줍은 듯 살짝 얼굴을 붉히며 목걸이를 옷깃 속으로 감췄다. 람제이 씨는 몸을 앞으로 숙이면서 우리들을 삥 둘러보았는데, 그의 눈에는 웃음이 번지고 있었다.

"어때요, 내 부인의 예쁜 목걸이가?"

"당장에 난 알아보았어요. 야, 저건 진짜다! 전 벌써 그렇게 느끼고 있었지요" 하면서 켈라다 씨가 대답했다.

"내가 직접 그것을 사준 것은 아니지만, 당신은 이 값이 얼마나 되리라 보시는지 그걸 알았으면 재미있겠는데요."

"글쎄올시다. 대략 1만 5천 달러쯤은 될 겁니다. 그러나 뉴욕 5번가에서 샀다면 3만 달러를 주었대도 난 별로 놀랄 게 없어요."

람제이 씨는 음흉한 미소를 지었다.

"그런데 말입니다. 내 부인은 우리가 뉴욕을 떠나기 바로 전날 어떤 백화점에서 단돈 18달러에 저걸 샀거든요. 어떻습니까, 놀랍지요?"

켈라다 씨는 얼굴이 상기된 채 "어림도 없는 소리 말아요. 저건 진짜예요. 게다가 지금까지 내가 본 그와 똑같은 크기 중에서는 제일 훌륭한 거예요."

"그렇다면 내기를 하는 게 어때요? 저 목걸이가 가짜라는 것에 난 1백 달러를 걸겠어요."

"좋습니다."

"아이, 당신도 참, 값이 뻔한 걸 갖고 어떻게 내기를 하세요?" 하고 람제이 부인이 말했다.

그녀는 입가에 미소를 지으면서 상냥스럽게, 그렇지만 꾸짖는 어조로 말했다.

"원, 별소릴 다. 이처럼 쉽게 돈을 버는 기회를 얻었는데 그걸 놓친다면 그야말로 천하의 바보게." 그녀가 다시 말했다.

"하지만, 어떻게 그걸 증명할 수 있어요? 그저 제가 얼마, 켈라다 씨가 얼마라고 할 따름인 걸요."

"그 목걸이를 내게 보여주세요. 만약 가짜라면 당장 그렇다고 말씀드릴께요. 1백 달러쯤 잃어도 끄떡없으니까요." 켈라다 씨가 말했다.

"여보, 그걸 풀어 드려요. 이분더러 보고 싶은 대로 얼마든지 보시라고."

람제이 부인은 잠깐 망설이더니, 고리에 손을 얹은 채 "풀지 못하겠어요. 켈라다 씨가 제 말을 믿으시면 그만일 텐데요" 하고 말하였다.

나는 갑자기 무슨 불행한 일이 일어나지나 않을까 하는

조바심이 문득 뇌리를 스쳐 갔지만, 무슨 말을 해야 할 것인지는 떠오르지 않았다.

람제이 씨가 벌떡 일어섰다.

"내가 끌러 주지."

그는 목걸이를 켈라다 씨에게 넘겨 주었다. 켈라다 씨는 포켓에서 확대경을 꺼내더니 세밀하게 그 목걸이를 검사하는 것이었다.

이윽고 이겼다는 듯한 웃음이 그의 미끄럽고 거무튀튀한 얼굴에 번졌다. 그는 목걸이를 돌려주었다. 그리고 막 입을 열려고 할 때였다. 갑자기 람제이 부인의 얼굴이 눈에 띄었다. 그녀는 금세 졸도라도 할 듯이 새하얗게 질려 있었다.

공포에 질린 그녀는 크게 부릅뜬 눈으로 그를 뚫어지게 쳐다보고 있었다. 절망적인 애원을 호소하는 듯한 그런 눈빛이었다. 그것은 너무나 확실했기 때문에, 그녀의 남편이 그것을 눈치채지 못한 게 오히려 이상할 정도였다.

켈라다 씨는 입을 멍하니 벌린 채 말을 꿀꺽 삼켜 버렸지만, 얼굴은 상기되어 있었다. 자기를 억제하려는 모습이 거의 눈에 보일 정도였다.

"내가 실수했어요. 무척 잘 만든 가짜걸. 하지만 확대경으로 들여다보니 당장 진짜가 아니라는 게 드러났어요. 이런 거라면 고작해야 18 달러쯤이겠지요."

그는 돈지갑을 꺼내더니 백 달러짜리 지폐를 뽑아서 한마디도 하지 않고 람제이 씨에게 건네 주었다.

"당신도 이제부턴 너무 뻐기지 않는 게 좋다는 걸 배웠을 줄 압니다, 젊은 친구." 람제이 씨는 지폐를 받으면서 뇌까렸다.

켈라다 씨의 양손이 파르르 떨리는 것이 나에게도 보였다.

이 이야기는, 어떤 이야기든 간에 그렇듯이, 배에 쫙 퍼지고 말았다. 그날 저녁 켈라다 씨는 사방에서 놀려 대는 것을 감수할 수밖에 없었다. 척척박사가 꼬리를 붙잡혔다고 하니, 그 이상 우스운 일은 없었다. 그러나 람제이 부인은 머리가 아프다고 하면서 자기 방으로 돌아가고 말았다.

이튿날 아침, 나는 일어나서 면도를 하고 있었다. 켈라다 씨는 침대에 드러누워 담배를 피우고 있었다. 별안간 바스락거리는 소리가 들리더니 문 밑으로 편지 한 통이 밀어 넣어지는 것이 보였다. 문을 열고 밖을 내다보았으나 아무도 보이지 않았다.

그 편지를 집어 보니 그것은 막스 켈라다에게로 보내온 것이었다. 이름은 필기체로 쓰여 있었다. 그것을 나는 그에게 넘겨 주었다.

"누구에게서 온 걸까?"

그는 그것을 뜯었다.

"아!"

그가 봉투에서 끄집어 낸 것은 편지가 아니라 백 달러짜리 지폐였다. 그는 나를 쳐다보면서 얼굴을 붉혔다. 그는 봉투를 갈기갈기 찢더니 내게 주었다.

"미안하지만 창밖으로 좀 버려 주시겠어요?"

나는 그가 원하는 대로 그렇게 하고 나서 미소를 지으며 그를 바라보았다.

"등신으로 보인다는 건 누굴 막론하고 싫은 거니까요."

그는 중얼거렸다.

"진주는 진짜였나요?"

"가령 내게 아름답고 예쁜 아내가 있다면, 내가 고베에 머무르고 있는 동안 아내를 뉴욕에서 1년씩이나 빈둥빈둥 허비하게는 안 할 겁니다."

그 순간 나는 켈라다 씨가 그렇게 싫지만은 않았다. 그는 손을 뻗쳐 돈지갑을 집더니 그 속에 백 달러짜리 지폐를 정성스레 집어 넣는 것이었다.

편 지

부두에는 햇볕이 쨍쨍 내리쬐고 있었다. 도로는 트럭, 버스, 자가용 승용차, 영업용 택시 등의 물결로 대혼잡을 이루었고, 운전수들은 제각기 경적을 울리고 속도를 적당히 조절해 가면서 복잡한 도로를 힘겹게 통과하고 있었다. 매우 복잡한 군중들 사이를 인력거는 민첩하게 빠져 나가고, 쿨리 중노동에 종사하는 중국인이나 인도인 하층 노동자 들은 힘에 겨운 듯 헐떡거리면서 무엇인가 서로들 외치고 있었다. 무거운 짐들을 짊어진 쿨리들은 통행인들에게 길을 비키라고 고함을 지르면서 줄달음으로 뚫고 나갔다. 거리의 행상인들은 큰 소리로 물건의 이름을 외쳐 대고 있었다.

싱가포르는 1백을 헤아리는 인종의 합류점이다. 온갖 색깔의 사람들 — 새까만 타밀 사람, 누런 중국 사람, 갈색의 말레이지아 사람, 아르메니아 사람, 유대인, 벵골 사람 등

— 이 귀에 거슬리는 거친 소리로 떠들어대고 있었다. 그러나 리플리 조이스 앤드 네일러 법률사무소 안에는 쾌적한 서늘함이 감돌고 있었다. 침침하고 먼지투성이인 거리의 소음 대신에 아늑한 고요가 있었다. 조이스 씨는 전용실專用室테이블 앞에 선풍기 바람을 정면으로 담뿍 받으면서 앉아 있었다. 의젓하게 의자에 몸을 기대고, 두 팔꿈치는 의자 팔걸이에 걸쳐 놓고 쭉 뻗친 양손의 손가락 끝을 얌전하게 합쳐 모으고 있었다. 그는 정면 긴 선반에 꽂혀 있는 닳아빠진 판례집判例集을 물끄러미 바라보고 있었다. 찬장 위에는 각각 변호의뢰인辯護依賴人의 이름이 쓰여 있는, 칠을 한 네모난 관罐이 여러 개 놓여 있었다.

노크 소리가 났다.

"들어오세요."

흰 천으로 된 옷을 말쑥하게 차려 입은 한 중국인 직원이 문을 열었다.

"크로스비 씨가 오셨습니다."

유창한 영어로, 한 마디 한 마디에 정확한 악센트를 붙여서 말했다.

조이스 씨는 그가 사용하는 상당한 범위의 어휘에 대해서 놀란 적이 한두 번이 아니었다. 왕지성은 원래 광동성廣東省출신이나 그레이즈 인에서 법률을 공부했다. 장차는 그 자신도 개업할 작정으로 견습삼아 1, 2년 계획으로 리플리 조이스 앤드 네일러 법률사무소에서 일하고 있었는데, 부지런하고 성실하여 흠잡을 데라곤 하나도 없는 그러한 인물이었다.

"들어오시라지." 조이스 씨가 말했다.

그는 일어나서 손님과 악수를 하고는 앉으라고 권했다. 손님은 의자에 앉아 빛을 온몸에 받았으나, 조이스 씨의 얼굴은 여전히 응달져 있었다. 본래 말이 없는 그는 이때도 꼬박 1분 동안이나 묵묵히 로버트 크로스비 씨만 바라보고 있었다. 크로스비 씨는 능히 180센티미터가 넘는 거구에 어깨가 떡 벌어진 강건한 근육질의 사나이였다. 그는 고무 재배를 하고 있었는데, 운동삼아 규칙적으로 재배지를 걸어서 돌아다녔고 하루 일과가 끝나면 긴장을 풀기 위해 테니스에 열중했기 때문에 당당한 체격을 하고 있었다. 그리고 온통 햇볕에 그을려 있었다. 털이 숱한 손발과 맵시 없는 구두 등이 워낙 커서, 저 커다란 주먹으로 한 대 얻어맞기라도 하면 연약한 타밀 사람 따위는 영낙없이 죽고 말 거라고 조이스 씨는 멀거니 생각하고 있었다. 그러나 크로스비 씨의 파란 눈동자에는 그런 사나운 기색이라고는 털끝만큼도 없었다. 부드럽고 남을 의심할 줄 모르는 듯한 눈, 넓적하고 이렇다 할 특징이 없는 평범한 얼굴은 오히려 개방적이고 솔직하며 정직해 보였다. 그러나 이때의 그의 얼굴에는 매우 침통한 기색이 역력해 사뭇 우울한 표정이었다.

"지난 한두 밤 잘 주무시질 못한 안색입니다그려."

"사실 잠을 잘 못 잤어요."

조이스 씨는 이때 처음으로, 크로스비 씨가 테이블 위에 벗어 둔 낡아빠진 폭 넓은 중절 모자에 시선이 옮겨졌다. 그리고 그의 눈은 이 손님이 입고 있던, 붉은 털투성이의 가랑이를 드러낸 카키색 반바지, 넥타이도 매지 않은 목 트인 테니스 셔츠, 소매 끝을 접어 올린 때묻은 카키색 웃옷 등속을 훑어보았다. 고무나무들 사이를 헤집고 다니다가 그 모습 그대로 뛰쳐 들어온 것처럼 보였다. 조이스 씨는 눈살을 약간 찌푸렸다.

"당신도 아시겠지만 마음을 단단히 먹어야 합니다. 침착하셔야지요."

"염려할 건 없어요."

"부인은 만나 봤나요, 오늘?"

"아니오, 오늘 오후에 만나기로 되어 있소. 그런데 제기랄, 이건 너무하지 않소, 아내를 체포하다니."

"부득이한 일이겠죠" 하고 조이스 씨는 나지막하고 차분한 어조로 대답했다.

"보석保釋으로 내보내 줄 걸로만 알고 있었는데."

"하지만 워낙 중대한 사건이라서요."

"흥, 못된 놈 같으니라고. 내 아내가 무얼 했다고. 그런 경우 버젓한 여자라면 누구나가 하는 당연한 일이 아니오. 열 여자 중 아홉까지는 그런 용기가 없다 뿐이지. 레즐리 같은 그런 얌전한 여자가 이 세상에 또 어디 있겠소. 파리 한 마리 죽이지 못할 여자인데. 여보시오, 이거 참 울화통이 터질 지경이오. 난 집사람과 부부가 된 지 그럭저럭 12년이나 됐어요. 그래, 집사람을 내가 모른단 말이오? 그 녀석 내게 잡히기만 해봐라. 모가지를 비틀어 당장 죽여 버릴 테니. 당신인들 안 그러시겠소?"

"하기야 누구나 다 당신 편을 들고 있기는 해요. 하몬드를 좋게 말하는 사람은 아무도 없거든요. 우리들도 부인을 구해 내려고 애를 쓰고 있답니다. 배심원陪審員이나 재판관까지도 법정에 나서기도 전에 벌써 무죄 석방으로 결정하고 있으리라 생각되는데요."

"도대체 하나에서 열까지 어처구니가 없어요" 하고 크로스비 씨는 악을 쓰면서 말을 이었다.

"첫째 구속했다는 것 자체부터가 틀려 먹었어요. 게다가 가엾게도 그만큼 여잘 괴롭혔으면 됐지 재판이라는 시련까지 받게 하려는 의도는 또 뭐요? 내가 싱가포르에 온 이래로 남자건 여자건 만나는 사람마다 '그거야 부인께서 하신 일이 정당하고말고요'라고 말하지 않는 사람은 아무도 없었어요. 이렇게 여러 주일 미결未決로 처박아 둔다는 건 정말 되먹지 않았어요."

"그래도 법은 법이에요. 어쨌든 부인께서도 사람을 죽였다는 것은 자백하고 계시니까 말입니다. 물론 지독하다는 생각은 들어요. 그리고 당신이나 부인에게도 정말 안됐다는 생각이 듭니다." "나는 문제가 되지 않아요" 하고 크로스비 씨가 말을 가로막았다.

"그렇지만 살인을 했다는 건 엄연한 사실이고, 그리고 문명인의 사회에서는 재판이라는 것 또한 어쩔 수 없는 일이니까요."

"그렇다면 해충害蟲을 근절하는 것도 살인이 되겠네요? 아내는 말하자면 미친 개 한 마리 죽이는 셈 치고 그 녀석을 죽인 거라고 생각되거든요."

조이스 씨는 다시 의자에 등을 기대어 앉더니, 다시 한 번 열 손가락 끝을 합쳐 모았다. 그것은 마치 골이 진 지붕 모양이었다. 잠시 동안 그는 말이 없었다.

"만약 이걸 말씀드리지 않으면 법률 고문으로서 당신에 대한 제 의무를 다하지 못하는 걸로 되기 때문에 알려 드립니다만" 하고, 그는 마침내 냉정한 갈색 눈으로 상대방을 바라보면서 차분한 목소리로 "저로서는 좀 맘에 걸리는 점이 한 군데 있어요. 즉 부인께서 하몬드를 사살하셨는데, 그것이 단 한 발이었으면 문제는 간단히 처리되었으리라고 생각합니다. 하지만 불행히도 부인께서는 여섯 발이나 쏘셨단 말입니다" 하고 말했다.

"그건 지극히 간단하지 않소. 그러한 상황에서는 누구나 그렇게 했을 거요."

"하긴 그럴 테지요" 하고 조이스 씨는 말을 이었다.

"저도 물론 수긍이 가는 설명이라고 생각합니다. 그러나 우리가 사실을 눈감아 버린들 무슨 소용이 있습니까. 한 번쯤 제3자의 입장에 서 본다는 것도 때로는 필요한 일입니다. 가령 제가 국법상國法上의 검사라고 한다면, 제가 집중적으로 심문할 것도 바로 이 점일 테니까요."

"이것 봐요, 그런 싱거운 소린 작작 하시오."

조이스 씨는 날카로운 시선을 크로스비 씨에게 던졌다. 볼품 있는 그의 입술 언저리에는 얼핏 미소가 어렸다.

'크로스비 이 친구, 나쁜 녀석은 아니나 그리 현명하다고는 할 수 없겠군.'

"아니 그리 대단한 문제는 아닐 겁니다" 하고 변호사는 말했다.

"그저 말씀드려 두는 게 좋겠다고 생각했을 뿐입니다. 이젠 그리 오래 걸릴 건 없습니다. 이 사건이 해결되면 부인과 함께 어디 여행이라도 떠나셔서 이것저것 다 잊어버리시는 게 좋을 겁니다. 무죄라는 건 뻔합니다. 무죄라는 건 뻔하지만 이런 재판은 여간 고달픈 일이 아니니까, 두 분께서는 충분히 휴식을 취하시는 게 필요할 겁니다."

크로스비 씨는 처음으로 피식 웃었다. 그리고 이 미소는 이상할이만큼 그의 얼굴 모습을 바꾸어 놓았다. 투박함은 사라지고 다만 그의 선량함만이 나타나 보였던 것이다.

"레즐리보다는 오히려 내게 필요할 걸요. 집사람은 정말 용케 견디어 내고 있어요. 용기가 대단한 여자라고 생각해요."

"정말 그렇습니다. 저도 부인의 자제력에 놀라고 있습니다. 그만큼 결단력이 있으시리라고는 생각지 못했거든요."

그는 크로스비 부인이 구속된 이래 변호인으로서 여러 차례 부인과 만날 필요가 있었다. 부자유스럽지 않게 만반의 편의는 제공되고 있다지만, 여하튼 수용되어 있는 곳이 형무소이고 또 살인범으로서 공판을 기다리고 있는 몸이고 보니 정신적으로 그녀가 큰 타격을 받고 있다고 하여도 놀랄 것은 하나도 없을 것이다. 그런데 그녀는 자신의 시련을 태연하게 견디어 내고 있는 것 같았다. 많은 양의 독서를 하는가 하면, 허락되는 범위 내에서 운동도 하고 당국의 허가를 얻어 지루한 여가에 심심풀이로 해왔던 베갯잇 레이스를 여전히 만들고 있었다. 조이스 씨가 면회하러 갔을 때에는, 부인은 서늘해 보이는 산뜻한 옷을 입고 머리도 곱게 빗질하고 손톱에는 매니큐어까지 칠하고 있었으며 태도도 사뭇 침착하였다. 자기가 처해 있는 경우에서 오는 사소한 불편을 농담조로 이야기할 수조차 있었다. 저질러 놓은 참극慘劇에 대해서 말하는 말투에도 제법 태평스런 기색까지 보였다. 이것도 역시 부인이 건실하게 자라난 탓이었다. 그러니까 지금 이런 중대한 사태 속에 휘말려 있으면서도 그렇게 말하는 것에 다소 우스운 점이 있다는 것을 알아채지 못한다고 조이스 씨는 생각했다. 하여튼 그에겐 천만 뜻밖이었다. 그녀가 유머 감각을 지니고 있으리라고는 꿈에도 생각해 본 적이 없었으니까 말이다.

그는 그녀와 각별히 친한 것은 아니지만 꽤 오래 전부터 알고 있는 사이였다. 싱가포르에 나오면 그녀는 대개 그들 부부한테 식사하러 왔으며, 한두 번은 그들 부부의 해변 방갈로에서 함께 주말을 보낸 적도 있었다. 또한 그의 아내도 친정에 두 주일이나 머물러 있었기 때문에 조프 하몬드와도 여러 번 만났었다. 두 쌍의 부부는 친밀하다고까지는 못하더라도 서로 잘 아는 처지라, 이 사건이 일어나자마자 로버트 크로스비 씨는 싱가포르까지 곧장 달려와서, 불행한 아내의 변호인으로서 제발 발 벗고 나서 달라고 조이스 씨에게 간청한 것이었다.

그가 부인에게서 처음으로 들은 사건의 전말은, 후에 이르러서도 부인이 털끝만큼도 진술을 바꾸는 일이 없었기 때문에 한결같았다. 참극이 있은 지 몇 시간 뒤나, 그리고 지금이나 부인의 진술은 똑같고 침착했다. 부인은 조용하고 차분한 음성으로 논리정연하게 말했으며, 겨우 드러나는 마음의 혼란이라고는 한두 가지 일을 진술했을 때 살짝 얼굴을 붉히는 정도뿐이었다. 도저히 여자라고는 생각되지 않았다.

30대 초반의 가냘픈 여인으로, 키는 크지도 작지도 않았고 예쁘다기보다는 우아한 모습이었다. 손목이나 발목은 무척 가냘팠고, 전체적으로도 몹시 야위어서 손은 흰 피부 위로 뼈와 푸른 정맥이 뚜렷하게 드러나 보였다. 얼굴은 핏기가 없어 창백해 보였고, 입술은 파리해 보였다. 눈빛은 전혀 사람의 주의를 끌지 않았다. 엷은 갈색 머리는 숱이 많았고 자연스럽게 살짝 웨이브져 있었다. 그것은 조금만 손을 대면 대단히 아름답게 보일 머리였을 테지만, 크로스비 부인은 그런 생각을 해낼 여인이라고는 도저히 생각되지 않았다. 조용하고 쾌활하면서도 조금도 주제넘게 구는 데라곤 없는 여인이었다. 말하자면 그녀는 매력 있는 여인이었는데, 만약 그녀가 세상의 인기를 차지하지 못한다고 하면 그것은 전적으로 몹시 수줍어하는 그녀의 천성 탓일 것이다. 이것은 고무 재배업자의 쓸쓸한 생활을 생각하면 당연한 일이고, 그녀 자신의 집에서 안면이 있는 사람들을 맞이하는 경우에는 그녀의 조용조용한 거동이 더욱 그녀를 매력 있는 여인으로 만들었다. 그래서 조이스 부인은 그곳에서 두 주일 동안 머무르고 돌아왔을 때 크로스비 부인은 정말 호감이 가는 부인이라고 진정으로 남편에게 말했던 것이다. 사람들이 말하는 것보다 훨씬 나은 분이라고도 하였다. 그리고 실제로 그녀를 한번 알게 된 사람들은 그녀가 얼마나 많은 양의 독서를 하는지, 그리고 얼마나 쾌활한 여인인지 놀라는 것이었다.

그녀가 살인을 한다는 그런 일은 꿈에도 생각할 수가 없었다.

조이스 씨는 될 수 있는 대로 그리 걱정할 건 없다고 기운을 북돋아 주는 말을 하여 로버트 크로스비 씨를 돌려 보냈는데, 다시 혼자가 되자 재판 조서裁判調書를 펼쳐 보았다. 그러나 그것은 다만 기계적인 행위에 불과했다. 그는 이젠 모든 것을 샅샅이 알고 있었다.

이 사건은 현재 센세이션을 일으키고 있는 문제로서, 말레이반도 남단 싱가포르에서 북쪽 페낭섬까지 클럽이라는 클럽, 식탁이라는 식탁에서 논쟁의 꽃을 피우고 있었다.

크로스비 부인의 진술은 극히 간단했다. 남편은 사업차 싱가포르에 가고 없었다. 그래서 그날 밤은 그녀 혼자였다. 느지막이 8시 45분쯤에 홀로 식사를 마치고 나서는 안방에서 레이스를 뜨고 있었다. 안방은 베란다에 연결되어 있었다. 하인들은 울타리 안 뒤쪽에 있는 자기들 숙소로 돌아간 뒤였으므로 방갈로 안에는 아무도 없었다. 그녀는 뜰 안의 자갈길을 밟는 발소리에 깜짝 놀랐다. 왜냐하면 그녀는 자동차 소리를 듣지 못했기 때문이다. 장화를 신은 발소리가 원주민이라기보다는 백인 같았다. 그렇다면 이 밤중에 도대체 누가 찾아왔을까? 누군가 방갈로에 이르는 낮은 계단을 올라오는 발소리가 나더니, 베란다를 가로질러 그녀가 앉아 있던 방문 앞에 나타난 것이었다. 그녀는 찾아온 사람이 누군지 몰랐다. 램프에는 갓이 씌워져 있었고, 사나이는 어둠을 등지고 서 있었다.

"들어갈까요?" 하고 남자가 말했다.

목소리를 듣고도 아직 그녀는 누구인지를 몰랐다.

"누구시죠?"

그녀는 뜨개질할 때에는 안경을 쓰고 있었는데, 안경을 벗으면서 그렇게 물었다.

"조프 하몬드예요."

"어서 들어오세요. 차나 마십시다."

그녀는 일어나서 진정으로 그와 악수를 했다. 그의 방문은 그녀에게는 조금은 뜻밖이었다. 이웃이긴 하지만 최근에는 그녀나 남편도 별로 친하게 지낸 것도 아니요, 또한 그녀로서도 이 몇 주일 동안 그를 만났던 일조차 없었기 때문이다. 그는 여기에서 8 마일쯤 떨어져 있는 고무나무 농장에서 관리인 노릇을 하고 있었는데, 하필이면 왜 이런 늦은 시간을 택해 자기를 찾아왔는지 부인은 수상쩍게 여겼다.

"남편은 안 계셔요. 오늘 밤 싱가포르에 가실 일이 있어서요."

그로서도 그의 방문이 일단 설명이 필요하다고 생각했는지 "이거 미안합니다. 오늘 밤은 웬일인지 쓸쓸해서 댁에서는 어떻게 지내시나 하고 잠깐 들른 겁니다"하고 말했다.

"그런데 어떻게 오셨어요? 자동차 소리도 듣지 못했는데요."

"저쪽 길에서 내렸으니까요. 두 분 다 이미 주무시는 줄 알았거든요."

이것은 사실이라고 여겨졌다. 농장 주인은 노동자들을 깨워 집합시키기 위해서는 동이 트자마자 일어나야 하므로 저녁식사만 끝나면 곧장 잠자리에 들곤 했다. 또 사실 하몬드의 자동차는 이튿날 방갈로에서 4백 미터쯤 떨어진 곳에서 발견되었다.

　로버트 씨가 외출 중이었으므로 방 안에는 위스키도 소다수도 없었다. 크로스비 부인은 이미 잠자리에 들었을지도 모르는 하인을 부르는 것도 무엇하고 해서 그녀 자신이 직접 그것을 가지러 갔다. 하몬드 씨는 스스로 마실 것을 만들고는 파이프에 담배를 채웠다.

　조프 하몬드 씨는 식민지에 친구가 많았다. 지금은 사십 고개를 바라보는 나이였지만 이 지방에 처음 왔을 때에는 소년에 불과했다. 그리고 세계대전이 터지자 맨 처음으로 지원한 사람 중의 한 사람으로서 전선에서도 용감히 싸웠다. 무릎에 부상을 입고 2년 후에 제대하여 다시 말레이연방으로 돌아왔는데, 그때에는 수훈장과 전공십자훈장戰功十字勳章을 가지고 있었다. 더구나 당구에 있어서는 식민지에서 으뜸 가는 명수였다. 전에는 춤이나 테니스에 상당히 능했지만, 이젠 춤은 출 수도 없고 테니스도 발이 자유스럽지 못해서 그전만큼은 잘하지 못했으나 그래도 그는 누구에게나 호감을 받는 선천적인 인기자였다. 키가 후리후리하고, 아름다운 용모의 소유자로서 매력적인 파란 눈과 보기 좋은 까만 고수머리를 갖고 있었다. 나이깨나 먹은 사람들은 입버릇처럼 말했다, 이 사나이의 옥에 티라고 할 수 있는 것은 색色을 너무 즐기는 것이라고. 그리고 이번 사건이 있은 후 그들은 그것 보라는 듯이 고개를 흔들면서 "자식! 필시 그걸로 망신살 뻗칠 줄 우리는 알고 있었지" 하고 말했다.

하몬드 씨는 크로스비 부인에게 그 지방의 소식 ─ 다가오는 싱가포르의 경마 소식, 고무의 가격, 그리고 요즈음 이 근처에서 출몰하는 호랑이를 자기가 죽여 보이겠다는 등 ─ 을 이야기하기 시작했다. 그러나 그녀는 뜨고 있던 레이스를 본국에 계시는 어머니 생일에 보내 드리기 위해 어느 날까지는 빨리 끝마치고 싶었던 것이다. 무슨 일이 있어도 끝마치기 위해 다시 안경을 걸치고 베개가 놓여 있는 작은 테이블을 자기 쪽으로 끌어당겼다.

그가 말을 걸었다.

"그렇게 커다란 뿔테 안경, 쓰지 않으셨으면 하는데요. 왜 아름다운 분이 기를 써가면서 자기를 아름답지 않게 보이려고 하시죠?"

그녀는 이 말에 조금 움찔했다. 하몬드 씨가 이런 말투로 그녀에게 말을 걸었던 일이 지금까지는 없었다. 그녀는 차라리 슬쩍 받아넘기는 것이 상책이라 생각하고 "제가 그렇게 빼어난 미인이라고는 꿈에도 생각지 않아요. 그래도 그렇게 노골적으로 물으신다면 저도 하는 수 없이 말씀드려야겠어요. 전 댁께서 아름답다고 생각하시건 밉다고 생각하시건 상관하지 않습니다."

"밉다니요, 원 천만의 말씀입니다. 대단히 아름다운 분이라고 생각하고 있는데요."

"정말 고마운데요" 하고 그녀는 비꼬는 어조로 대꾸했다. "하지만, 그렇다면 당신 머리가 좀 이상한 거죠."

그는 껄껄 웃었다. 그리고 의자에서 일어나더니 그녀 바로 옆의 의자로 자리를 옮겼다.

"그래도 부인께선 이 손이 정말 아름답다는 걸 부정하지 않으실 테죠."

그가 그녀의 손을 잡으려는 제스처를 취했으므로, 그녀는 가볍게 그를 밀어젖히며 "쓸데없는 말씀 마세요. 어서 먼저 의자에 옮겨 앉으시고 온당한 이야길 하세요. 그렇지 않으면 돌아가 주시든지" 하고 말했다.

그러나 그는 까딱하지 않았다.

"모르시겠어요, 제가 이토록 당신을 사모하고 있다는 것을?"

그녀는 여전히 냉정했다.

"모르겠어요. 그런 건 아예 믿지도 않아요. 비록 그게 사실이라고 해도 그런 걸 당신 입에서 듣고 싶진 않아요."

그의 말에 대해서 그녀의 놀라움이 한층 더 컸던 것은, 그를 알고 나서부터 7년 동안 그가 그녀에게 특별한 관심을 보여준 적은 단 한 번도 없었기 때문이다. 그가 전쟁터에서 돌아왔을 무렵에는 서로 꽤 만날 기회도 있었고, 한 번은 병에 신음하는 그를 크로스비 씨가 일부러 가서 자동차에 태워서 그들의 방갈로로 데리고 온 일도 있었다. 그때 그는 두 주일이나 머물러 있었다. 그러나 서로 취미가 다르고 해서 그저 안면이 있는 정도로 그쳤지 우정의 단계에는 이르지 못했다. 최근의 2, 3년 동안은 얼굴을 보는 일조차 거의 없었으며, 이따금 테니스를 하러 온다든지 어느 농장주의 파티 석상에서 마주치는 일은 있어도 한 달에 한 번도 얼굴을 대하지 않는 일도 많았다.

그는 칵테일한 위스키를 또 한 잔 따라 마셨다. 이곳에 오기 전에 벌써 한 잔을 들이킨 것이 아닐까 하고 크로스비 부인은 생각했다. 어딘지 좀 미심쩍었고, 그것이 어쩐지 그녀를 불안하게 했다. 그녀는 그가 술을 함부로 술잔에 마구 따르는 것을 쏘아보면서도 "아휴! 내가 당신이라면 이젠 그만 마시겠네요" 하고 사근사근하게 타일렀다.

그는 벌컥 들이키고 나더니 술잔을 놓고서 돌연히 말했다.

"부인께선 제가 술에 취해서 이런 수다를 떠는 줄 생각하시나요?"

"그렇다고밖에 생각되지 않는데요."

"그건 당치도 않아요. 저는 첫눈에 부인에게 반했어요. 되도록 말을 하지 않으려고 애써 봤습니다만 끝내 입을 열고 말았군요. 부인, 저는, 저는 당신을 사랑합니다. 정말 사랑합니다."

그녀는 일어서서 조심조심 베개를 밀어 놓으며 "자, 이젠 돌아가 주세요" 하고 말했다.

"지금은 갈 수 없어요."

마침내 그녀도 더 참을 수가 없게 되었다.

"무척 머리가 나쁘시군요, 당신은. 제 남편 외에 제가 사랑하는 남자라곤 하나도 없다는 걸 모르시겠어요? 심지어 제가 제 남편을 사랑하지 않는다고 해도, 당신 같은 이는 좋아하지 않아요. 나보고 어떻게 하란 말이에요? 남편은 집에 있지도 않아요. 썩 돌아가지 않으면, 하인들을 불러 끌어내도록 하겠어요."

"불러도 들릴 것 같아요?"

그녀는 몹시 화가 치밀었다. 그리고 베란다로 나가려 하였다. 베란다에서라면 하인들의 귀에도 반드시 들릴 것이라고 생각했기 때문이다. 그러자 그가 그녀의 팔을 붙잡았다.

"놓지 못하겠어요?" 그녀가 펄펄 뛰면서 소리를 질렀다.

"그렇게 떠들 건 없어. 넌 이제 내것이야."

그녀가 하인들의 이름을 고래고래 외쳐 대자, 그는 재빨리 그녀의 입을 손으로 막아 버렸다. 그리고 눈 깜짝할 사이에 그녀를 껴안고 열렬히 키스를 퍼부었다. 그녀는 몸부림치면서 그의 불 같은 입술을 피하려고 하였다.

"안 돼요, 안 돼. 놓아요. 싫단 말이에요."

그러고 나서는 어찌되었는지 그녀는 알 수가 없었다. 그때까지 주고받은 이야기는 하나하나 또렷이 기억하고 있었지만, 그 다음부터의 그의 말은 공포의 안개를 거쳐 그녀의 귀청을 때렸던 것이다. 그녀의 사랑을 얻기 위해 애원하는 것 같았다. 열렬한 사랑의 맹세가 입 밖으로 튀쳐나왔다. 그러고는 줄곧 격렬한 포옹으로 그녀를 부둥켜안고 있었다. 어찌할 수가 없었다. 그는 굳건하고 억센 남자여서, 그녀의 두 팔은 그의 양쪽 겨드랑이에 꽉 짓눌려 있었다. 몸부림을 쳐봐도 소용이 없었으며, 그녀는 점점 맥이 풀려가는 것을 느꼈다. 기절할 것 같은 기분이 들었다. 남자의 뜨거운 입김이 얼굴에 닿자 역겨워서 견딜 수가 없었다.

그녀의 입에, 눈에, 뺨에, 머리칼에 그는 연방 키스를 퍼부었다. 꽉 조이는 남자의 완력에 질식할 것만 같았다. 그는 끝내 그녀를 안아 들었다. 발길질을 하려고 버둥거려 보았지만, 오히려 더 꼭 부둥켜안길 뿐이었다. 어디론지 데리고 갈 작정인 모양이었다. 그는 더 이상 말을 하지 않았지만, 그 얼굴은 창백했고 그의 눈은 욕정에 불타고 있음을 그녀는 느꼈다. 그녀를 침실 쪽으로 옮기고 있었다. 그는 이젠 문명인이 아니라 야만인이었다. 그러나 그는 급히 가다가 도중에 있는 테이블에 걸려 넘어지고 말았다. 무릎의 상처가 걸음을 다소 부자유스럽게 했던데다가 여인을 안고 있었기 때문에 그는 그만 쾅 하고 넘어져 버렸다. 그 순간에 그녀는 몸을 빼어 소파 뒤로 도망치듯 달려갔다. 그도 번개처럼 일어나더니 다시 그녀에게로 덤벼들었다. 책상 위에 권총이 놓여 있었다. 그녀는 그렇게 겁이 많은 여인은 아니었지만 그날 밤은 로버트가 집을 비웠으므로 잠잘 때 침실로 가지고 가려고 놓아둔 것인데, 그녀는 공포로 인해 제정신이 아니었다. 무엇을 하였는지 자기도 몰랐다. 탕 하는 소리가 났다. 하몬드가 비틀거리는 것을 그녀는 보았다. 그는 뭔가 외쳤다. 그가 무어라고 말한 것 같았으나, 그녀에게는 들리지 않았다. 그는 방에서 베란다로 비틀거리며 나갔다. 정신이 온통 뒤집혀 제정신이 아닌 그녀는 허위적거리며 그를 뒤쫓아 나갔다. 그렇다. 전혀 기억이 없으나 필경 그렇게 했음에 틀림없었다. 쫓아가면서 그저 연거푸 쏘았다. 한 발, 한 발, 또 한 발, 그리고 마침내 여섯 발이 다 비도록 쏘아 버렸던 것이다. 하몬드는 베란다 바닥에 쓰러지고 말았다. 그리하여 피투성이의 한 덩어리가 되고 만 것이다.

하인들이 총소리에 놀라서 달려왔을 때, 그녀는 아직도 권총을 손에 쥔 채 하몬드 곁에 서 있었는데 하몬드는 이미 숨을 거둔 뒤였다. 그녀는 잠자코 그들에게 잠시 시선을 돌렸다. 그들은 공포에 덜덜 떨면서 쪼그리고 서 있었다. 그녀는 권총을 손에서 떨어뜨리더니 그대로 묵묵히 침실로 들어갔다. 그들은 그녀가 침실로 들어가서 안에서 자물쇠를 잠그는 것을 물끄러미 바라보고 있었을 뿐, 아무도 시체에 손을 댈 용기가 없었다. 다만 겁을 집어먹은 눈빛으로 서로 바라보면서 흥분된 목소리로 나지막이 이야기를 주고받고 있었다. 그때 가까스로 우두머리 하인이 정신을 가다듬었다. 그는 오랫동안 이 집에서 일해 온 중국인으로 분별 있는 사람이었다. 크로스비 씨는 오토바이를 타고 싱가포르로 떠났으므로 차고에는 자동차가 그대로 있었다. 그는 하인들에게 그것을 끌어내게 하였다. 지방경찰서 부서장副署長을 만나서 사건을 보고하지 않으면 안 되었다. 그는 권총을 집어들어 호주머니에 넣었다. 지방경찰서 부서장은 위더즈라는 사람으로서, 그곳에서는 35마일 떨어진 제일 가까운 도시의 교외에 살고 있었다. 그의 집까지는 한 시간 반쯤 걸렸다. 모두들 잠들어 있었으므로 우선 하인들을 깨워야만 했다. 이윽고 위더즈 씨가 나왔으므로 그들은 용건을 말했다. 우두머리 하인은 증거물이라고 하면서 권총을 꺼내 그에게 보였다. 위더즈 씨는 들어가서 옷을 갈아입고 차를 불러서 곧장 그들의 뒤를 따라 인기척이 끊긴 도로를 달렸다. 크로스비 댁 방갈로에 이른 것은 막 동이 틀 무렵이었다. 그는 베란다의 계단을 달려 올라가다가 하몬드의 시체가 어젯밤 그대로 놓여 있는 것을 보더니 주춤하고 발을 멈추었다. 그는 얼굴을 만져 보았다. 얼음장같이 차디찼다.

"부인께선?" 하고 그는 하인에게 물었다. 그 중국인은 침실 쪽을 가리켰다. 위더즈 씨는 침실 쪽으로 가서 문을 두드렸다. 대답이 없었다. 다시 한 번 두드려 보았다.

"부인!" 하고 그는 불렀다.

"누구세요?"

"위더즈입니다."

또다시 말이 끊겼다. 이윽고 자물쇠가 열리고 조용히 문이 열렸다. 그의 눈앞에 크로스비 부인이 서 있었다. 자지 않고 있었던지 어젯밤 식사 때의 다회복茶會服을 걸친 그대로였다. 말없이 선 채 지방경찰서 부서장을 바라보고 있었다.

"댁의 하인이 저를 부르러 왔었습니다. 하몬드 건인데요, 어찌된 일이지요?"

"그가 저를 능욕하려 했기 때문에 쏘았습니다."

"저런! 그런데 좀 나와 주세요. 자세한 말씀을 들어야 되겠습니다."

"지금은 안 돼요. 안 됩니다. 저에게 잠시 여유를 주세요. 제 남편을 불러 주세요."

위더즈 씨는 아직 젊은 사람이었다. 게다가 자기의 평소에 하던 일과 너무나 동떨어진 이런 위급한 사건을 어떻게 처리해야 할지 잘 몰랐다. 크로스비 부인은 끝까지 진술을 거부하였는데, 그 동안에 크로스비 씨가 돌아왔다. 그러자 비로소 그녀는 두 사람을 앞에 놓고 사건의 내용을 진술하기 시작했다. 그 뒤에 그녀는 이 진술을 몇 번 되풀이했는지 모르지만, 그 내용은 언제나 털끝만큼도 달라진 적이 없었다.

조이스 씨가 거듭 생각하는 것은, 총을 발사한 수였다. 변호사로서 그는 크로스비 부인이 한 발이 아니고 여섯 발까지 발사한 점이 여간 마음에 걸리지 않았다. 그리고 시체 부검 결과 여섯 발 중 네 발은 극히 가까운 거리에서 발사했다는 것을 실증했다. 그것은 마치 상대가 거꾸러지자 그녀는 그에게 탄환 전부를 쏘아 버린 것처럼도 생각되는 것이었다. 더구나 앞에 이야기한 내용에 대해서는 그렇게도 정확한 그녀의 기억이 이 점에 이르러서는 갑자기 몽롱해졌다고 그녀는 말했다. 정신이 텅 비어 있는 것이었다. 그것은 자기로서도 어찌할 수 없는 광란 상태였으리라고도 수긍이 되지만, 이 차분하고 침착한 부인과 그러한 자제력을 잃은 광란이라는 것은 도저히 결부시켜 생각할 수가 없었다. 조이스 씨가 그녀를 알게 된 때로부터 상당한 세월이 흘렸지만, 항상 조용하고 신중한 여자라고만 생각하고 있었다. 그 비극적인 사건이 발생한 후 이 몇 주일 동안의 그녀의 침착성은 놀랄 만했다.

조이스 씨는 어깨를 으쓱하면서 이렇게 생각했다.

"제아무리 점잔을 뺀다 해도 여자에게는 어떠한 무서운 잔학성이 숨어 있을지도 몰라."

그때 문을 두드리는 소리가 들렸다.

"들어오세요."

중국인 직원이 들어오더니 문을 닫았다. 문을 유달리 조용히 그리고 마치 무슨 결심한 바라도 있는 듯이 조심스럽게 닫더니, 조이스 씨가 있는 테이블 앞으로 다가왔다.

"좀 조용히 말씀드릴 게 있는데요. 방해가 되지 않을는지요?"

이 직원이 애써 가면서 또박또박 말을 하는 것이 조이스 씨에게는 언제나 작은 즐거움을 불러일으켰다. 그래서 지금도 그는 방긋 웃어 보였다.

"아니, 조금도."

"말씀드리고자 하는 것은 미묘하고 은밀한 일입니다만."

"이야기해 보게나."

조이스 씨의 눈이 문득 이 직원의 날카로운 시선과 마주쳤다. 평소와 마찬가지로 왕지성은 그곳에서 유행의 첨단을 걷는 복장을 하고 있었다. 반짝반짝 빛나는 에나멜 구두에다 화려한 실크 양말을 신고 있었다. 까만 넥타이에는 진주와 루비가 박힌 넥타이핀이 빛나고 있었고, 왼손 무명지에는 다이아몬드가 박힌 반지를 끼고 있었다. 말쑥한 웃옷 호주머니에는 금장 만년필이 꽂혀 있는 게 보였다. 그리고 금장 팔목시계와 코허리에는 테가 없는 코안경. 우선 그는 조그맣게 헛기침을 하고서는 입을 열었다.

"드릴 말씀이라는 것은 로버트 크로스비 사건에 관한 것입니다."

"그래?"

"사실 어떤 정보가 제 귀에 들어왔는데요, 그것에 의하면 이번 사건의 국면이 완전히 바뀔 것 같은 생각이 드는데요."

"정보라니?"

"즉 피고로부터 이번 참극의 불행한 희생자에게 보낸 편지가 한 통 있다는 겁니다."

"그건 뭐 별로 놀랄 일도 아닌데. 지난 7년 동안에는 크로스비 부인이 가끔 하몬드에게 편지를 보낸 일도 있을 테니까."

조이스 씨는 자기 직원의 머리가 총명하다는 것을 높이 평가하고 있는 만큼, 그가 지금 한 말에는 자신의 생각을 숨기고 있음에 틀림없었다.

"그거야 물론 있을 테죠. 크로스비 부인과 희생자 사이에는 분명 여러 번 편지를 주고받은 적이 있었겠지요. 이를테면 만찬에 초대한다든지 테니스 시합의 신청이라든지. 저도 처음에 들었을 때에는 물론 그렇게 생각했습니다만, 그 편지라는 것이 하몬드 씨가 죽은 바로 그날에 쓰여진 겁니다."

조이스 씨는 속눈썹 하나 까딱하지 않았다. 그가 왕지성과 이야기할 때에는 항상 짓던, 즐거워 보이는 미소를 약간 띠고서 빤히 상대방의 얼굴을 바라보고만 있었다.

"누구지, 그 사실을 자네에게 이야기한 사람은?"

"이건 어느 친구의 입을 통해서 안 사실입니다."

조이스 씨는 더 이상 파고들어가는 그런 어리석은 짓은 하지 않았다.

"물론 기억하고 계시겠지만, 분명 크로스비 부인은 그 참극이 있은 밤까지 몇 주일 동안 절대로 그와는 편지 왕래를 하지 않았다고 진술하고 있지요."

"자넨 그 편지를 가지고 있나?"

"아뇨."

"그럼 그 내용은 무언가?"

"마침 그 친구가 사본을 주어서 갖고 있는데요, 보시겠어요?"

"보여주게."

왕지성은 안주머니에서 두툼한 지갑을 끄집어내었는데, 그 지갑에는 서류와 싱가포르 달러화貨 그리고 담배갑 등으로 가득 차 있었다. 그 혼잡함 속에서 그는 이윽고 얇은 노트 용지 반장을 끄집어내서 조이스 씨 앞에 놓았다. 편지의 내용은 다음과 같았다.

R은 오늘 밤 집에 없어요. 꼭 만나 뵈어야 할 일이 생겼어요. 열한 시에 기다리겠습니다. 저는 이제 뭐가 뭔지 모르겠습니다. 만일 오시지 않으면 앞으로 어찌 되든 전 몰라요. 집까지 차를 대지 마세요.

— L.

편지는 중국인이 외국어학교에서 배운 흐르는 듯한 달필達筆로 쓰여 있었다. 조금도 이렇다 할 특색이 없는 글씨, 그것은 불길한 내용과는 이상하게 어울리지 않게 생각되었다.

"자넨 어떻게 알 수 있나, 이 쪽지가 크로스비 부인이 썼다는 것을?"

"이야기해 준 친구의 인격을 충분히 믿고 있기 때문입니다. 더구나 가짜인지 진짜인지는 쉽사리 알 수 있지요. 과연 부인이 쓰셨는지 안 쓰셨는지쯤은 물론 크로스비 부인 자신의 입에서 쉽게 들을 수 있거든요."

이야기 시초부터 쭉 조이스 씨는 정중하고 침착한 직원의 얼굴 표정에서 단 한 번도 눈을 떼지 않았다. 그리고 지금에야 비로소 그 속에서 약간 조롱하는 듯한 표정을 읽을 수 있었다. 그래서 그는 말했다.

"크로스비 부인이 그런 편지를 썼다는 것은 도저히 믿을 수 없어."

"당신이 그렇게 생각하신다면 그만입니다. 내 친구가 이야기를 제게 들려준 것도, 실은 제가 이 사무실에 있는 관계로 이것이 검사에게 보고되기 전에 혹시 당신께서 이런 편지가 있다는 것을 알고 싶어하시지나 않나 하고 제게 귀띔해 준 것뿐입니다."

"원본은 누가 가지고 있지?" 하고 조이스 씨가 날카롭게 물었다.

왕지성은 조이스 씨가 질문하는 이런 말투에서도 좀처럼 상대방의 태도의 변화를 눈치 챈 것 같지 않았다.

"물론 아시겠지만, 저 하몬드 씨가 죽은 후 그와 중국인 여성과의 관계가 드러난 것 같은데요. 이 편지는 지금 그 여성이 갖고 있답니다."

이것이 하몬드에 대한 평판評判을 가장 악화시킨 원인이었다. 몇 달 동안이나 중국인 여성을 자기 집에 데리고 살았다는 사실이 탄로난 것이었다.

잠시 두 사람 다 입을 열지 않았다. 사실 할 말은 다했으므로 서로 상대방의 의중을 속속들이 읽은 후였다.

"하여간 고맙네. 잘 생각해 보겠네."

"감사합니다. 그럼 친구에게도 그렇게 전할까요?"

"암, 자네가 연락을 취해 두는 것이 좋을 거야." 조이스씨는 진심으로 대답했다.

"네, 알겠습니다."

직원이 또다시 공손히 문을 닫고 조용히 방을 나가자, 조이스 씨에게는 여러 가지 일이 떠올랐다. 그는 특징이라곤 하나도 없는 고운 필적으로 쓰인 크로스비 부인의 편지 사본을 응시하고 있었다. 막연한 의혹들이 그를 괴롭혔다. 그것들은 너무나도 그를 혼란케 하는 의혹이었으므로 그는 억지로 머리에서 씻어내 버리려고 애썼다. 반드시 그 편지에 관해 무슨 변명이라도 간단히 있어야 한다. 레즐리 부인이라면 즉석에서 그걸 할 수 있다. 하지만, 아아, 어쨌든 변명이 필요한 건 사실이다. 그는 의자에서 일어나서 편지를 호주머니에 집어넣고는 모자를 썼다. 그가 사무실을 나올 때 왕지성은 책상에서 분주히 뭔가를 쓰고 있었다.

"잠깐 다녀오겠네."

"조지 리드 씨가 두 시에 오실 약속이 있는데요. 어딜 가셨다고 말씀드릴까요?"

"모른다고 해두게." 조이스 씨는 엷은 미소를 띠면서 말했다.

그러나 자신이 지금 형무소를 방문하려 하고 있다는 것을 왕지성도 알아채고 있을 것이라는 사실을 그도 뻔히 알고 있었다. 범죄가 발생한 곳도 베란다요 재판도 베란다 바루에서 행해질 예정이었으나, 지방 형무소에는 백인 부인을 수용할 설비가 없었으므로 크로스비 부인은 싱가포르로 호송되어 있었던 것이다.

부인은 그가 기다리고 있는 방으로 안내되어 들어왔다. 야위고 특징이 있는 손을 내밀며 빙긋이 웃었다. 여전히 청초한 옷차림을 하고 있었고, 풍성하고 빛이 엷은 머리칼도 잘 다듬어져 있었다. 그녀가 조용히 인사를 했다.

"정말 뜻밖이네요, 오늘 아침 뵙게 된 것은."

마치 자기 집에 있으면서 당장에라도 하인을 불러 '손님에게 진을 갖다 드려라' 하고 분부할 것처럼 조이스 씨에게는 여겨졌다.

"어떻습니까?" 그가 물었다.

"고맙습니다. 더할 나위 없이 건강해요."
즐거운 듯한 빛까지 힐끗 그녀의 눈 속을 스치고 지나갔다.
"썩 좋은 휴양이 된답니다."
교도관이 나갔으므로 그들은 단둘이 되었다.
"앉으세요" 하고 크로스비 부인이 말했다.

그는 의자에 앉았다. 어떻게 말을 꺼내야 좋을지 잘 떠오르지 않았다. 그녀가 너무나 침착했기 때문에, 일부러 찾아온 용건이기는 하나 지금 그것을 끄집어낸다는 것은 거의 불가능한 것처럼 생각되었다. 그녀는 미인은 아니었지만 은근히 사람을 끌어당기는 면이 있었다. 단정한 아름다움이라고나 할까? 그러나 그 아름다움이란 점잖은 예의범절에서 오는 것이지 사교계의 겉치레 따위에서 나오는 것은 결코 아니었다. 얼핏 보기만 해도 그녀가 어떤 집에서 태어나 어떤 환경에서 자라났다는 것을 금방 알 수 있었다. 그녀의 연약함이 도리어 일종의 야릇한 고상함을 자아내고 있는 것이었다. 그녀로부터 야비한 것을 연상한다는 건 도저히 불가능했.

"오후에는 로버트가 와요. 그가 몹시 기다려져요."
즐거운 듯 명랑한 음성으로 말했다. 그녀의 말을 듣고 있는 것은 참으로 유쾌했다. 말소리나 억양이 그녀가 속해 있는 계층을 뚜렷하게 드러내고 있었기 때문이다.

"가엾게도 로버트에겐 여간 큰 타격이 아닌가 봐요. 이제 며칠 있으면 모두 끝난다고 생각하니 얼마나 기쁜지."

"이젠 닷새 남았습니다."

"그렇습니다. 전 매일 아침 잠을 깰 때마다 또 하루가 다 가왔다고 스스로 나 자신에게 이른답니다." 그녀는 웃으면서 말을 계속했다.

"학교 다닐 때 방학을 학수고대하는 바로 그런 기분이에요."

"그런데 말씀입니다, 이건 염려 없으시겠지요. 즉 그 사건이 있기 전 몇 주일 동안 부인과 하몬드 씨와의 사이에는 일절 교제가 없었다는 것은?"

"그건 두말 할 나위도 없습니다. 제일 마지막에 만난 것이 맥파렌 씨 댁에서 열렸던 테니스 모임에서였고, 그것도 두어 마디 말을 건네었을 뿐이에요. 아시다시피 거긴 코트가 둘 있잖아요. 그래서 전 그 사람과 함께 단 한 번도 짝이 된 적이 없는 걸요."

"그럼, 편지를 보내신 일도 없나요?"

"네, 물론입니다."

"틀림없겠지요?"

그녀는 생긋 웃으며 대답했다.

"없다니까요. 만찬이나 테니스 경기에 초대하는 일 이외의 편지는 쓴 일도 없고요, 또 그것도 그렇게 하지 않은 지가 여러 달이 됐어요."

"한때는 상당히 친하게 지내셨다는데, 초대하는 걸 일절 그만 두신 것은 또 어찌된 영문이지요?"

크로스비 부인은 야윈 어깨를 으쓱해 보이며 "사람이란 역시 싫증이 나는 일도 있지요. 그 사람과는 이렇다 할 같은 취미도 없었구요. 하긴 그가 아플 때에는 남편과 함께 할 수 있는 데까지는 보살펴 드렸지요. 그러나 지난 1, 2년 동안은 몸도 거뜬히 나았고, 더구나 그 사람은 인기가 대단해서 이 일 저 일 분주하신 걸 괜히 자꾸 초대해서 괴롭힐 것도 없다고 생각했어요."

"분명히 그것뿐인가요?"

크로스비 부인은 잠시 머뭇거렸다.

"좋아요, 속 시원히 말씀드리겠어요. 실은 그이가 중국인 여성과 동거하고 있다는 이야기가 우리 부부에게도 들어왔지요. 그랬더니 제 남편께서 그런 놈은 절대로 집에 받아들이고 싶지 않다고 하시잖아요. 더구나 저도 그 여인을 전에 본 적이 있었거든요."

조이스 씨는 팔걸이 의자에 걸터앉아 턱을 손으로 괸 채 뚫어지게 크로스비 부인의 얼굴을 쳐다보고 있었다. 그런데 그 주목이 적중해서 그런 것이었을까? 그녀가 이렇게 말했을 때, 그것은 순간이기는 했으나, 돌연 까만 눈동자 속에 갑자기 붉은빛이 감돌았다. 분명 이것은 보통 일이 아니었다. 조이스 씨는 의자에서 몸을 일으켜 열 손가락 끝을 합쳐 모았다. 천천히 그리고 조심스럽게 말을 꺼냈다.

"그럼 말씀드리겠는데요, 부인의 필적으로 조프 하몬드 씨에게 보낸 편지가 한 통 있답니다."

그는 바짝 정신을 차리고서 그녀의 안색을 살폈다. 그러나 그녀는 눈썹 하나 까딱하지 않았을 뿐더러 얼굴빛도 변함이 없었다. 그저 조금 있다가 그녀가 대답했다.

"하긴 전에는 자주 편지를 보낸 적도 있었어요, 무슨 초대니 해서. 그리고 그이가 싱가포르에 간다는 걸 알면 겸사 겸사 물건을 사달라고 부탁도 드리곤 했지요."

"아니 그 편지라는 게 주인께선 싱가포르에 가서 집을 비우게 되니 꼭 와 달라는 건데요."

"그런 일은 결코 없어요. 제가 그런 짓을 하다니요."

"하여간 한 번 읽어 보시는 게 좋겠습니다."

그는 호주머니에서 그 편지의 사본을 꺼내 그녀에게 넘겨 주었다. 그녀는 힐끗 보고서 흥 하는 듯이 미소를 짓더니, 그대로 그에게 돌려주었다.

"제 필적이 아닌데요."

"그건 알고 있습니다. 그러나 이건 진짜를 그대로 베낀 거예요."

그녀는 다시 글귀를 읽기 시작했는데, 그 내용을 읽는 사이에 그녀의 얼굴에는 무서운 변화가 일어나기 시작했다. 핼쑥한 얼굴이 보기에도 끔찍한 얼굴로 변했다. 새파랗게 질린 듯했다. 갑자기 살이 빠져 마치 뼈다귀 위에 피부를 팽팽하게 펴서 늘인 것처럼 보였다. 입술이 움츠러져서 이가 모두 드러난 얼굴은 마치 험상궂게 웃는 모양을 띠었다. 그 얼굴은 조이스 씨를 노려보고 있었다. 그 모습은 사상死相을 보고 있는 거나 다름이 없었다.

"이것이 어쨌다는 거예요?" 하고 그녀는 속삭이듯이 말했다.

입 안이 바싹 말라서 목쉰 소리밖에 나오지 않았다. 그것은 이미 인간의 목소리가 아니었다.

"그 점은 부인에게서 듣고 싶은 것입니다."

"그러나 그 편지는 제가 쓴 게 아니에요. 맹세할 수 있어요. 결코 제가 쓰지 않았어요."

"진정하시지요. 가령 진짜가 말입니다, 부인의 필적이었다면 아무리 부정하셔도 소용없으니까요."

"그건 위조예요."

"그렇다고 증명하긴 어려울 겁니다. 하지만 진짜라고 하는 증명은 문제가 없을 겁니다."

그녀의 야윈 몸이 몹시 떨렸다. 그러나 이마에서는 구슬 같은 땀이 흐르고 있었다. 그녀는 핸드백에서 손수건을 꺼내 손바닥의 땀을 닦았다. 그리고는 다시 한 번 편지를 보면서 조이스 씨를 힐끔 곁눈질로 살폈다.

"날짜가 적혀 있지 않군요. 제가 쓴 것인데 까맣게 잊어버리고 있었다면 몇 해 전의 것일는지도 모릅니다. 잠깐 기다리신다면 기억을 더듬어 보겠어요."

"날짜가 없으리라는 건 뻔히 알고 있었지요. 가령 이 편지가 검사의 손에 넘어가는 날에는 검사는 하인들을 엄하게 심문할 겁니다. 그러면 하몬드 씨가 죽은 날 누가 이 편지를 그에게 전했나 하는 것쯤은 쉽사리 알 수 있는 일이니까요."

크로스비 부인은 두 손을 꼭 쥐더니 의자에 걸터앉은 채 비틀거렸다. 그녀가 졸도하지나 않을까 하여 그는 움찔했다.

"아니예요, 결코 전 그런 편지를 쓴 적이 없어요."

조이스 씨는 잠시 잠자코 있었다. 어쩔 줄 모르고 쩔쩔매는 부인의 얼굴에서 시선을 옮겨 방바닥을 물끄러미 바라보고 있었다. 온갖 생각이 떠올랐다.

"그러시다면 이 문제는 이 이상 더 여쭈어 볼 필요가 없겠습니다." 그는 겨우 침묵을 깨뜨리고 천천히 말했다.

"만약 이 편지의 소유인이 이걸 검사의 손에 넘기는 것이

적당하다고 생각하게 된다면, 부인께서도 각오를 하셔야 될 겁니다."

 이 말은 더 이상 그녀에게 할 말이 없다는 것을 암시하고 있었으나, 그는 일어서려고는 하지 않았다. 그는 무엇인가를 기다리고 있었던 것이다. 꽤 오래 기다린 것처럼 느껴졌다. 크로스비 부인 쪽은 쳐다보지도 않았지만, 그녀가 꼼짝도 하지 않고 앉아 있는 것은 뻔한 일이었다. 그녀는 소리 하나 없었다. 마침내 그가 입을 열었.

"더 하실 말씀이 없다면 전 사무실로 가봐야겠습니다."
"가령 타인이 그 편지를 보게 된다면 어떻게 생각할까요?" 하고 그녀가 불쑥 물었다.
"용케도 거짓말을 꾸며댔다고 생각할 테지요" 하고 그는 퉁명스럽게 말했다.
"어머나, 언제요?"
"부인께서 명확히 말씀하셨죠, 지난 석 달 동안 하몬드 씨와는 일절 교제가 없었다고요."
"네, 모든 것이 제겐 커다란 충격이어서 그날 밤 일은 마치 무서운 악몽과 같아요. 의심할 건 하나도 없어요, 단 한 가지 대수롭지 않은 걸 잊었다고 해서."
"그건 좀 거북스러운데요. 부인께서는 그날 밤 하몬드 씨와의 대화를 그토록 또렷하게 하나하나 기억하고 계시면서도 이렇게 중대한 점, 즉 그날 밤 그는 부인으로부터 짐짓 초대를 받고서 방갈로를 찾아왔다는 이 일을 까맣게 잊으셨다고 하시는 겁니까?"

"잊었다는 게 아니예요. 그런 일이 있은 후 이것만은 말씀드리기 거북했어요. 그이가 저의 초대를 받아서 왔다고 해도 아무도 곧이듣지 않을 거라고 생각했거든요. 정말 제가 어리석었어요. 하지만 뭐가 뭔지 모르게 되어 있었고, 더구나 하몬드 씨와는 일절 교제가 없었다고 한번 말씀드린 이상 끝까지 그렇게 우길 수밖에 없었거든요."

그때에는 벌써 그녀는 다시 그 감탄할 만한 침착성을 되찾아서 조이스 씨의 꼬치꼬치 캐묻는 듯한 시선을 선선히 받아넘기고 있었다. 그녀의 상냥함에는 두 손을 바짝 드는 수밖에 없었다.

"그러면 이 점에 대해선 설명이 필요하겠지요. 즉, 왜 하필 로버트 씨가 집을 비운 바로 그날 밤에 불렀는가 하는."

그녀는 정면으로 빤히 변호사의 얼굴을 바라보았다. 아무렇지도 않은 눈이라고 생각한 것은 그의 잘못이었다. 정말 아름다운 눈이었다. 그가 잘못 본 것이 아니라면, 눈물에 젖어서 반짝이고 있었다. 음성도 깨어져서 금이 간 것처럼 들렸다.

"사실은 로버트를 깜짝 놀랄 정도로 기쁘게 해드리려고 한 것이랍니다. 다음달에 그의 생일이 들어 있어요. 그이가 새 엽총을 몹시 탐내고 있는 걸 알고 있었지만, 전 사냥 도구에 대해서는 백지나 다름없고 해서 조프와 의논하려고 한 겁니다. 그이에게 부탁해서 주문할까 해서요."

"아직도 편지 내용을 분명하게 상기치 못하신 것 같은데, 다시 한 번 보시겠어요?"

"아니예요, 보고 싶지 않아요." 그녀가 황급히 말했다.

"부인이 말입니다, 그리 친하지도 않은 사람에게 엽총을 구입하는 의논에 응해 달라는 그저 그것만으로 이런 편지를 쓴 거라고 부인께선 생각하고 계십니까?"

"하기야 좀 엉뚱하고 지나치게 감정적인 것 같기도 하지만, 전 흔히 그렇게 쓴답니다. 그거야 저도 무척 어리석은 짓이라고 생각은 합니다만" 하고 그녀는 미소를 짓더니, "게다가 그이가 앓고 있을 때 전 마치 친어머니처럼 간호해 드린 일도 있구요. 결국 조프 하몬드 씨와 친하지 않다는 것도 아니지요. 로버트가 없는 동안에 불렀다는 것도 남편이 그런 놈은 한 발짝도 집에 들이고 싶지 않다고 하셨기 때문이에요."

조이스 씨는 언제까지나 한 자리에 앉아 있는 것이 지루했다. 일어나서 방 안을 한두 번 왔다갔다하면서, 뭐라고 말할 것인가 하고 적절한 말을 생각하고 있었다. 그리고 지금까지 앉아 있던 의자에 등을 기대면서 자못 엄숙한 음성으로 천천히 말을 끄집어냈다.

"부인, 이건 부인에게 매우 중요한 이야기입니다. 이 사건은 비교적 간단하게 진행되고 있습니다. 단 한 가지 제게는 설명이 필요한 점이 있어요. 제가 판단하기에는 부인께서는 하몬드 씨가 쓰러진 뒤에도 탄환을 네 발이나 더 그의 몸에 발사하셨어요. 이건 좀 생각하기 어려운 일이거든요. 연약하고 공포에 떠는 여인, 더구나 평소에는 자제심이 강하고 상냥하고 교양이 있는 여인이 그렇게 앞뒤를 가리지 못하고 노발대발하여 미쳐 날뛰었다는 것은 말입니다. 물론 있을 수 없다고는 하지 못하겠지요. 하기야 하몬드라는 사나이는 모두들 좋아하는, 대체로 평판이 좋은 인간인 것 같았습니다만, 부인께서 정당방위라고 주장하시는 그러한 행동도 유발시킬 만한 위인이라는 것도 충분히 증명해 보일 작정이었어요. 그래서 그가 죽은 뒤에 비로소 드러난 사실, 즉 그가 중국인 여자와 동거하고 있었다는 사실이야말로 둘도 없는 호재好材라고 생각하고 있었어요. 그 사실은 모처럼 그에게 쏟을 만한 동정까지도 빼앗아 가고 말았으니까요. 그래서 우리는 이러한 추한 관계가 널리 세상 사람들의 마음 속에 불러일으키는 반감이라는 것을 크게 이용하려고 했던 것입니다. 그래서 오늘 아침에도 저는 남편께

무죄 석방은 틀림없다고 말씀드렸답니다. 그저 기운을 북돋우기 위해서 한 빈말은 아니었어요. 배심원조차 법정에 참석할 필요가 없다고 믿었습니다."

두 사람의 눈빛이 서로 마주쳤다. 그녀는 이상하게도 꼼짝달싹 하지 않았다. 흡사 뱀에게 홀려 움직일 수 없는 참새와 같았다.

그는 여전히 조용조용한 어조로 말을 이었다.

"그러나 이 편지 하나로 사건의 양상은 일변하고 말았습니다. 저는 부인의 고문변호사입니다. 물론 법정에선 부인의 변호사로서 나설 작정입니다. 부인에게서 들은 이야기는 그대로 믿어 둔다고 합시다. 그리고 그 내용에 따라 부인을 위하여 변론을 늘어놓겠어요. 하긴 제 자신이 당신의 진술을 믿고 있는지 어떤지 그건 모르겠습니다. 변호사의 임무라는 것은, 법정에 제출되어 있는 증거품만으로는 유죄 판결을 내리기에는 불충분하다는 것을 법정에 납득시키면 그걸로 족합니다. 변호사 개인으로서는 의뢰인의 죄의 유무에 관하여 어떻게 생각하든 그건 전혀 문제 밖이니까요."

그때 크로스비 부인의 눈 속에 미소의 그림자가 스쳐 지나갔다. 이것에는 그도 놀랐다. 화가 치민 그는 다소 냉랭한 어조로 말하였다.

"그럼 저어, 하몬드 씨가 부인을 방문한 것은 오로지 부인의 간절한 부탁, 뭐라고 할까, 히스테릭하다고나 할 간청, 그걸로 왔다는 것, 이것만은 설마 부정하시지 않겠지요?"

크로스비 부인은 잠깐 머뭇거리면서 무엇을 생각하고 있는 듯했다.

"그건 당장 알 수 있어요. 내 집의 하인 하나가 이 편지를 그이의 방갈로에 전하러 갔다는 것은. 자전거로 갔었거든요."

"세상 사람들을 부인 이상으로 어리석다고 생각하시면 안 됩니다. 이 편지는 반드시 지금까지 누구의 머리 속에도 떠오르지 않던 새로운 의심을 그들에게 품게 할 겁니다. 이 사본을 읽었을 때 제 자신이 어떻게 생각했나, 그건 말씀드리지 않겠습니다. 저로서는 오로지 부인의 생명을 구해 내는 것에 필요한 것, 그저 그것만 들으면 그만입니다."

크로스비 부인이 비단을 찢는 듯한 소리를 지르며 팔짝팔짝 뛰더니, 얼굴은 금세 공포로 인해 새하얗게 질려 버렸다.

"사형이라고 생각하세요?"

"하몬드 씨를 죽인 것이 정당방위가 아니라고 결정되면, 유죄 판결을 내리는 것이 배심원의 의무일 테니까요. 죄명은 살인죄이고요. 사형을 선고하는 것은 재판장의 당연한 의무라고 하겠지요."

그녀는 숨이 막히는 듯이 물었다.

"증거가 뭔데요?"

"글쎄요, 무슨 증거인지 저도 모르겠습니다만, 부인께서 아시겠죠. 전 별로 알고 싶지도 않습니다. 그렇지만, 가령 일단 의혹이 생긴다, 취조가 시작된다, 그래서 하인들을 심문하게 된다면 ─ 글쎄올시다, 무엇이 튀어나올는지요."

별안간 그녀는 휘청휘청하더니 미처 부축할 겨를도 없이 방바닥에 쓰러지고 말았다.

기절을 한 것이었다. 그는 물이라도 없을까 하고 방 안을 두리번거려 보았으나 그곳에는 아무것도 없었다. 그리고 그는 지금 타인이 들어오는 것을 원치 않았다. 부인을 방바닥에 눕히고서 꿇어앉아 그녀가 의식이 회복되기를 기다렸다. 그녀가 눈을 떴을 때 그는 그 속에 끔찍한 공포의 빛을 보고서 몹시 당황했다.

"가만히 계세요. 곧 회복될 테니까요."

"설마, 사형이라니 …… 도와 주시겠죠?" 하고 그녀는 속삭이듯 말했다.

그리고는 병적인 울음을 터뜨렸으므로 그는 마지막으로 달래려 들었다.

"제발 진정하세요."

"잠깐만."

그녀의 용기는 정말 놀랄 만했다. 다시 침착해지려고 애쓰고 있는 것이 그의 눈에도 또렷이 보였다. 이윽고 다시 조용한 태도로 돌아갔다.

"일으켜 주세요."

그는 그녀의 손을 붙잡고 일으켜 주었다. 그리고 팔을 잡고 의자로 데리고 갔다. 그녀는 피로한 듯이 걸터 앉았다.

"잠깐만 아무 말씀 말아 주세요."

"네, 그렇게 하지요."

그러나, 마침내 그녀가 입을 열었을 때 그것은 그에게 뜻밖의 말이었다. 그녀는 조그맣게 한숨을 쉬었다.

"어쩐지 저는 추잡한 짓만 저지른 것 같아요."

그는 대답하지 않았다. 다시 침묵이 흘렀다. 마침내 그녀가 입을 열었다.

"그 편지를 손에 넣을 수 없을까요?"

"소유인이 팔 생각이 없다면, 일부러 제게 그런 이야기를 들고 올 리가 없다고 생각합니다."

"누구지요, 소유자가?"

"하몬드 씨와 동거하고 있던 그 중국인 여잡니다."

순간 크로스비 부인의 뺨 언저리에 화색이 도는 것 같았다.

"엄청나게 비싼 값을 요구할까요?"

"상당히 빈틈 없는 계산을 하고 있는 것 같던데요. 어지간히 내지 않으면 손에 넣긴 어려울 겁니다."

"그럼, 저더러 사형을 받으라는 말씀이세요?"

"이쪽에 불리한 증거품을 이쪽 손아귀에 넣는다는 것이 그렇게 식은 죽 먹듯이 쉬우리라고 생각하세요? 말하자면 증인을 매수하는 거나 진배없는 일인데도요? 애당초 부인께서는 꿈에도 그런 말씀을 꺼낼 처지가 못 돼요."

"그럼 도대체 전 어찌되는 건가요?"

"법을 따를 뿐입니다."

그녀의 얼굴에서 핏기가 싹 가시었다. 심한 전율이 그녀의 온몸을 흘러갔다.

"이젠 모든 것을 당신께 맡기겠어요. 물론 정당하지 않은 것을 부탁드릴 자격도 없어요."

조이스 씨는 눈물에 젖은 그녀의 음성을 전혀 예기치 못했다. 더구나 평소의 그녀의 자제력을 알고 있는 만큼 그것은 한층 더 애절하게 그의 가슴을 울렸던 것이다. 그녀의 눈은 애원하듯 그를 쳐다보고 있었다. 만약 이 호소를 물리쳐 버린다면 어떨까? 그는 평생토록 저 눈에 괴로움을 당할지도 모른다는 생각이 들었다. 하기야 가엾은 하몬드 씨가 되살아날 수 없다. 이 편지의 진정한 사정은 무엇일까?

그저 그 편지만으로, 그녀는 봉변을 당하지도 않고 하몬드 씨를 죽였다고 속단하는 것은 공평치 못한 것 같았다. 그도 오랜 세월을 동양에서 살아 왔고, 그의 직업적 판단력도 20년 전의 그것만큼 날카롭지는 않았을 것이다. 그는 물끄러미 방바닥을 응시하고 있었다. '옳지 않다는 것은 알고 있다. 그러나 한 번 해보자.' 그는 이렇게 결심했다. 그러나 그건 목에 걸리는 것 같아서 크로스비 부인에게 어렴풋이 분노까지 느껴졌다. 그는 말을 꺼내기가 조금 거북했던 것이다.

"그런데, 당신 남편은 사정이 어떻는지, 저는 잘 알 수가 없군요."

살짝 얼굴을 붉히면서 그녀는 재빠르게 그에게 시선을 던졌다.

"주식회사의 주株도 꽤 있고 두 개의 고무농장 쪽에도 약간의 주식이 있으니까, 돈은 어떻게 되리라고 생각해요."

"그러나 무엇에 소용된다는 걸 그에게 이야기해야겠지요." 그녀는 잠시 잠자코 있었다. 무엇인가 생각하고 있는 눈치였다.

"그이는 아직도 절 사랑하고 있어요. 저를 구해 내기 위해서라면 어떠한 희생이라도 할 거예요. 그 편지를 남편에게 보일 필요가 있을까요?"

조이스 씨는 약간 얼굴을 찌푸렸다. 그녀는 그것을 보자 재빨리 말을 이었다.

"로버트와는 꽤 오래된 친구이시죠? 저 때문에 부탁드리는 게 아니예요. 저 정직하고 마음씨 고운 제 남편을 위해서, 한 번도 당신께 폐를 끼친 적이 없는 남편이 여러 가지로 고통을 겪지 않도록 제가 부탁드리는 겁니다."

조이스 씨는 대답하지 않았다. 일어나서 가려고 하니 부인은 평소와 다름없이 상냥하게 조용히 손을 내밀었다. 이번 면회로 분명히 충격을 받아 안색이 핼쑥해진 것처럼 보였으나, 그래도 그녀는 용케도 그를 배웅하려고 애쓰는 것이었다.

"정말 이것저것 여러 가지로 폐를 끼쳐서, 어떻게 감사해야 좋을는지."

조이스 씨는 사무실로 돌아왔다. 무엇을 하려고도 하지 않은 채 자기 방에 가만히 틀어박혀서 생각에 잠겨 있었다. 야릇한 공상이 연달아 솟구쳤다.

그는 오싹 몸을 떨었다.

이윽고 예상한 대로 가만가만 문을 노크하는 소리가 들렸다. 왕지성이 들어왔다.

"지금 점심을 먹으러 가려던 참인데요."

"아아, 좋아."

"그 전에 무슨 용건이라도 있으시지 않나 하고."

"별로 없어요. 리드 씨와 다시 약속을 해두었겠지?"

"네, 세 시에 오시겠답니다."

"알았어요."

왕지성은 돌아서 문간까지 걸어가 길고 가느다란 손가락을 손잡이에 얹었다. 그러다가 돌연 무엇이 생각난 것처럼 획 돌아섰다.

"제 친구에게 전달하실 말씀은 없으신가요?"

자못 유창한 영어를 지껄이는 왕지성이기는 하지만 그래도 'r' 발음은 잘 되지 않는지 'friend'를 'fliend'라고 발음하는 것이었다.

"무슨 친구 말인가?"

"크로스비 부인이 죽은 하몬드 씨에게 부친 편지 건 말입니다."

"아, 깜박 잊었군 그래. 부인에게 그 이야길 해보았는데, 그런 건 쓰신 적이 없대. 필시 무슨 위조겠지."

조이스 씨는 호주머니에서 사본을 꺼내 왕지성에게 넘겨주었다. 그러나 그는 그런 수작은 아랑곳하지 않고 말했다.

"그러면 가령 이 친구가 그 편지를 검사의 손에 넘겨 준다 해도 이의異議는 없으시겠죠?"

"물론 없고말고. 하지만 도대체 그런 수작을 해서 자네 친구는 무슨 덕을 본단 말인가? 알 수가 없는걸."

"정의를 위해서 그렇게 하는 게 의무라고 생각하고 있는 거겠죠."

"으음, 그것을 의무라고 생각하고 있다면 난 결코 그걸 방해 놓는 사람은 아니라네, 지성 군."

변호사와 중국인 직원과의 시선이 부딪쳤다. 두 사람의 입술에는 미소의 그림자 같은 것도 보이지 않았지만, 두 사람은 서로의 마음 속을 훤히 들여다보고 있었다. 왕지성이 말을 받았다.

"잘 알겠습니다. 하지만 제가 연구한 바에 의하면, 이 로버트 크로스비 사건은 이런 편지가 튀어나오면 이쪽에는 대단한 타격을 입지 않을까 생각되는데요."

"자네의 법률적 통찰력에는 늘 탄복하고 있다네, 지성 군."

"이렇게 하면 어떨까요? 즉 제가 친구에게 말해서 그 중국인 여성더러 그 편지를 우리 쪽에 양보해 달라고 말을 붙여 보면 일이 훨씬 쉬워질 것 같은데요."

조이스 씨는 부질없이 압지 위에 사람 얼굴을 그리고 있었다.

"친구라는 사람은 장사치지? 자네 생각으로는 어떻게 하면 편지를 내놓을 성싶은가?"

"친구가 편지를 가지고 있는 것은 아니고요, 가지고 있는 것은 중국인 여자거든요. 제 친구는 이 여자와는 친척이 된답니다. 그런데 그녀는 워낙 무식한 여자여서 친구가 가르쳐 주기까지는 그 편지의 가치조차 몰랐다는 겁니다."

"그는 그 값어치를 얼마로 보고 있나?"

"저어, 1만 달러."

"뭐라구? 1만 달러? 여보게, 자네는 대관절 크로스비 부인에게 어디서 1만 달러라는 거금이 나올 거라고 생각하고 있나? 그 편지는 위조라니까."

그렇게 말하고 나서 그는 왕지성의 얼굴을 쳐다보았다. 중국인 직원은 이 일갈―喝에도 태연하였다. 여전히 책상 곁에 공손하고 냉정하게 그리고 무엇 하나 빼놓지 않고 살피려는 표정을 하고 서 있었다.

"크로스비 씨는 보통 고무농장의 주株를 8분의 1, 그리고 셀란탄강 고무농장의 주를 6분의 1은 가지고 있어요. 그걸 담보로 하신다면 돈을 융통해 드려도 좋다는 친구가 있지요."

"자넨 꽤 발이 넓군 그래."

"네."

"여보게, 어리숙한 짓 작작하라고 그 친구들에게 일러주게. 아, 글쎄, 식은 죽 먹기로 변명할 수 있는 편지가 아닌

가. 5천 달러 이상은 한푼도 더 낼 수 없어. 나로서도 그런 걸 크로스비 씨에게 말할 처지도 못 되고."

"그런데 그 중국인 여성은 그 편지를 별로 팔고 싶지는 않은가 봐요. 친구가 겨우 납득시켰다던데요. 아마도 그 값 이하로는 도저히 이야기가 안 될 겁니다."

조이스 씨는 왕지성의 얼굴을, 그렇다, 적어도 3분 동안이나 들여다보았다. 왕지성은 그의 샅샅이 살피며 파고드는 시선을 아무렇지도 않게 태연히 받아넘기고 있었다. 그러면서도 눈을 쫙 내리깐 채 좀처럼 공손한 태도를 잃지 않았다. 조이스 씨는 그라는 인간을 잘 알고 있었다. '왕지성, 정말 깜찍한 녀석이야' 하고 그는 속으로 생각했다. 그는 구전口錢을 얼마나 먹을 작정일까?

"1만 달러면 상당히 거금인걸."

"하지만 크로스비 씨는 부인을 사형당하게 하느니보다 그 돈을 지불하실 걸요, 틀림없이."

다시 조이스 씨는 말문이 막혔다. 이 왕가 녀석의 꿍꿍이 속을 알 수가 있어야지. 좀처럼 싸게 팔려고 하지 않는 걸 보면 어지간히 확실한 근거를 잡고 있음에 틀림없다. 1만 달러라는 금액도 누가 조종을 하고 있는지는 몰라도 분명히 로버트 크로스비 씨의 손으로 마련할 수 있는 최고의 금액이라는 걸 뻔히 알고서 하는 수작이었다.

"지금 그 중국인 여자는 어디 있나?"

"제 친구 집에 머물러 있습니다."

"그럼, 여기 와줄 수는 있는가?"

"이쪽에서 가시는 게 좋을 것 같습니다. 오늘 밤에라도 제가 안내해 드리죠. 편지는 그녀가 당장 넘겨줄 겁니다. 그리고 이 여자는 워낙 무식하다보니 수표라는 것도 전혀 모른답니다."

"난 수표로 줄 생각이 아니야. 지폐를 갖고 가겠어."

"그리고 저어, 1만 달러 이하라면 도리어 귀중한 시간만 낭비하는 게 될 겁니다."

"잘 알겠네."

"그러면 점심을 먹고 친구에게 들러서 그렇게 이르지요."

"그러게. 오늘 밤 열 시 클럽 앞에서 기다려 주게."

"알겠습니다."

왕지성은 조이스 씨에게 약간 고개를 숙여 인사를 하고 방을 나갔다. 조이스 씨도 점심 식사하러 클럽에 가보니, 아니나 다를까, 로버트 크로스비 씨의 모습이 보였다. 그는 혼잡한 테이블에 앉아 있었으므로 조이스 씨는 빈자리를 찾아서 그의 옆을 지나다가 어깨를 살짝 치면서 "돌아가시기 전에 잠깐 말씀드릴 것이 있습니다" 하고 말했다.

"좋습니다. 당신이 편리할 때 알려 주시죠."

어떻게 말을 꺼낼 것인가는 이미 결심이 서 있었다. 조이스 씨는 식사를 마치고 브리지 게임을 하면서 클럽에서 사람들이 나가기를 기다렸다. 이 문제로 크로스비 씨를 그의 사무실로 불러들이고 싶지 않았던 것이다. 이윽고 크로스비 씨가 카드 룸에 들어오더니 게임이 끝날 때까지 줄곧 쳐다보고 있었다. 다른 패들이 각기 용무를 보기 위해 흩어지자 그들은 단둘이 되었다.

"좀 딱한 일이 생겼습니다."

조이스 씨는 될 수 있는 대로 지나가는 말처럼 슬쩍 말문을 열었다.

"사실은 하몬드 씨가 피살되던 밤 부인께서 그에게 집에 와 달라고 하는 편지를 내셨나봐요."

"천만에 말씀" 하고 크로스비 씨가 펄쩍 뛰면서 말했다.

"아내는 진술에서도 줄곧 주장하고 있지 않소, 하몬드와는 일절 교제가 없었다고. 더구나 나 자신이 알고 있는데, 아내는 지난 두 달 동안 그 녀석 낯짝을 대한 적이 없는 걸요."

"그러나, 하여간 그 편지라는 게 있거든요. 하몬드 씨와 동거하고 있었다는 그 중국인 여자가 갖고 있답니다. 부인께서는 당신 생일에 선물을 하고 싶어서 그걸 사는 데 하몬드의 도움을 빌려고 했다는 겁니다. 그런데 그 참극 직후 부인께서는 감정이 격한 나머지 그걸 까맣게 잊으셨는데, 일단 하몬드 씨와는 일절 교제가 없었다고 하신 이상 새삼스레 그건 거짓말이었다고 말씀하시기는 거북하잖아요. 정말 딱한 일이긴 하지만, 또 한편 무리도 아니라고 생각됩니다."

크로스비 씨는 입을 열지 않았다. 그의 넓적하고 붉은 얼굴에는 당황한 빛이 여실히 드러났다. 조이스 씨는 '눈치코치 없는 바보 같은 녀석 다 보겠네' 하고 안심도 되었으나, 동시에 분통이 터질 노릇이기도 했다. 어쩌면 이렇게도 어리석담. 조이스 씨는 바보에게만은 참을 수가 없었다. 그러나 사건 이래의 크로스비 씨의 고민이라는 것은, 이 변호사의 부드러운 마음을 건드렸다는 점이다. 크로스비 부인이 자기 때문이 아니라 주인을 위해서라고 생각하고 도와달라고 한 것은 확실히 요점을 찌르고 있었다.

"새삼스럽게 말씀드릴 것도 없지만, 만약 이 편지가 검사의 손으로 넘어가는 날에는 일은 매우 거북하게 될 것 같습니다. 다시 말하면 부인께서는 거짓말을 꾸몄고, 그래서 그 거짓말을 설명해 보라고 할 겁니다. 하몬드 씨가 부르지도 않았는데 함부로 침입한 것이 아니라 초대를 받아서 왔다면 이야기는 좀 달라지니까요. 배심원의 의견도 상당히 흔들릴 걸로 생각됩니다."

조이스 씨는 조금 망설였다. 마침내 자기의 결심을 들고 나설 때인데, 가령 이것이 웃어넘겨도 좋을 경우라면 오히려 생각해 보면 우습기도 하였을 것이다. 왜냐하면 자기는 지금 그를 위해서 이렇게 중대한 것을 해치우려고 벼르고 있는데, 그 장본인은 문제의 중요성을 도무지 알고 있는 것 같지 않았다. 다소나마 고충을 생각해 준다 해도, 고작해야 뭐 조이스 녀석은 변호사로서 직업상 아무나 하는 당연한 것을 하고 있을 따름이라고 여길 것이다.

"크로스비 씨, 당신은 저의 변호의뢰인일 뿐만 아니라 친구이기도 합니다. 그 편지는 세상 없어도 이쪽 손아귀에 넣어야 하겠습니다. 그거야 막대한 돈이 들겠지만요. 그렇지만 않다면 애당초 당신께 이런 말씀을 드리지도 않았을 겁니다."

"얼마지요?"

"1만 달러."

"그건 또 우라지게 비싸군 그래, 이 불경기에. 그리고 이러쿵저러쿵 시끄러운 요즈음 그건 내 전재산이나 다름없는 걸요."

"곧 될 수 있을까요?"

"그야 되겠지요. 주식회사의 주와 내가 관계하고 있는 두 개의 고무농장을 담보로 한다면 차리 메도우즈에서 융통

할 수 있겠지요."

"그럼 그렇게 부탁드립니다."

"절대로 필요한가요?"

"그렇습니다, 부인의 석방을 바라신다면."

크로스비 씨는 얼굴이 새빨갛게 상기되고 입이 야릇하게 일그러졌다.

"하지만……."

그는 뭐라고 해야 할지 몰랐다. 그의 얼굴빛은 이젠 자줏빛으로 변해 있었다.

"하지만, 난 무슨 영문인지 모르겠는걸. 아내는 떳떳이 설명할 수 있을 텐데. 설마 아내가 유죄가 된다는 건 아니겠지요? 사회의 해충 같은 놈을 없앴다고 해서 사형을 당한다는 것은 도저히 있을 수 없는 일이오."

"물론 사형은 아닙니다. 다만 살인죄로 아마 2, 3년은 감옥살이를 하게 되겠죠."

"3년?"

그의 둔한 머리에서도 겨우 어떤 일이 희미하게나마 깨우쳐지는 것 같았다. 말하자면 암흑이 드리워진 머리 속을 번개가 한 번 번쩍이고 지나갔다고나 할까? 그는 다시 본래의 암흑으로 돌아갔지만, 다만 무엇인지 보았다고까지는 못할지언정 어렴풋이 그거라고 인정할 정도의 기억이 남아 있었던 것이다. 조이스 씨는 크로스비 씨의 커다랗고 붉은 손, 지금까지 그가 해온 숱한 일로 인해 거칠 대로 거칠고 굳어진 손, 그것이 부들부들 떨리는 것을 보았다.

"아내는 도대체 무엇을 선물로 주려고 했을까요?"

"부인 말씀으로는 새로운 엽총이라고 하시더군요."

다시 한 번 그의 붉은 얼굴이 더욱 빨개졌다.

"돈은 언제 준비해야 하나요?"

그의 음성은 조금 이상하게 울렸다. 눈에 보이지 않는 무엇이 목구멍을 꽉 졸라매기라도 하는 것 같았다.

"오늘 밤 열 십니다. 여섯 시경에 저희 사무실까지 가져다 주실 수 있을까요?"

"그 여자가 당신에게 오는 건가요?"

"아니올시다. 제가 가는 겁니다."

"돈은 제가 갖고 가지요. 나도 같이 가겠습니다."

조이스 씨는 날카롭게 상대방을 쏘아보았다.

"그렇게 하실 필요가 있다고 생각하세요? 이 문제는 제게 맡기시는 게 좋을 것 같은데요."

"이봐요, 내 돈이 아니오? 같이 가겠어요."

조이스 씨는 어깨를 으쓱했다. 두 사람은 일어나서 악수를 했다. 조이스 씨는 물끄러미 상대방을 바라다보았다.

두 사람은 열 시에 텅 빈 클럽에서 만났다.

"다 마련되셨겠지요?" 하고 조이스 씨가 물었다.

"그럼요, 돈은 호주머니에 들어 있소."

"그럼 가봅시다."

두 사람은 계단을 내려갔다. 이젠 잠잠해진 광장에 조이스 씨의 차가 대기하고 있었다. 그리고 그들이 차 있는 데까지 오자 왕지성이 어떤 집의 그림자로부터 나왔다. 그는 운전수 옆에 자리를 잡고서 길 안내를 하고 있었다. 차는 유럽 호텔 앞을 지나서 선원의 집 옆을 꺾어 올라가 빅토리아가街로 나왔다. 여기는 아직도 중국인 상인이 점포를 열고 있어서 건달패들이 빈들거리고 있었고, 차도에는 인력거며 자동차며 마차의 왕래가 어쩐지 분주한 공기를 자아내고 있었다. 별안간 차가 멎더니 왕지성이 돌아다보고 말했다.

"여기서부터는 걸으시는 편이 낫다고 생각합니다."

그들이 차에서 내리자, 그는 총총히 걸어갔다. 두 사람은 한두 걸음 떨어져 따라갔는데, 이윽고 그가 "여깁니다"라고 말하였다.

"잠깐 기다려 주십시오. 들어가서 친구에게 이야기하고 오겠습니다."

그는 한길에 면한 한 상점으로 들어갔다. 중국인 서너 명이 카운터 뒤에 서 있었다. 흔히 보는 야릇한 — 가게에는 상품이라곤 무엇 하나 보이지 않는 — 도대체 무엇을 팔고 있는 것일까 의심스러운 그런 상점이었다. 왕지성이 흰 비옷을 입고 가슴에는 커다란 금줄이 보이는, 몸집이 뚱뚱한 사람과 소곤거리고 있는 것이 보였다. 사나이는 힐끗 바깥 어둠 속을 쏘아보았다.

그리고는 왕지성의 손에 열쇠를 넘겨 주었다. 왕지성이 나왔다. 기다리고 있는 두 사람에게 손짓을 하더니 그대로 상점 옆 입구로 사라졌다. 그들도 따라 들어가 보니 계단 밑으로 나왔다.

"잠깐만 기다리세요, 성냥을 켜 드리겠습니다."

언제나 빈틈 없는 녀석이었다.

"자, 올라오십시오."

그가 일본 성냥으로 그들의 발밑을 비춰 주었으나 그걸 가지고 어둠을 물리칠 수는 없어서, 두 사람은 그의 뒤를 따라 손으로 더듬거리며 올라갔다. 이층으로 올라가더니, 그는 어떤 문을 열쇠로 열고 안으로 들어가서 가스등에 불을 붙이고서 "들어오시죠" 하고 말하였다.

조그맣고 네모난 방이었다. 창은 하나밖에 없었고, 가구라고는 매트를 깐 낮은 중국 침대가 두 개, 그저 그것뿐이었다. 한쪽 구석에는 정교한 자물쇠가 딸린 큰 상자가 하나 있었고, 그 위에는 아편용 파이프가 놓여있는 더러운 쟁반

하나 그리고 램프가 하나 놓여 있었다. 방 안에는 씁쓸한 아편 냄새가 가늘게 감돌고 있었다. 그들이 걸터앉자, 왕지성이 담배를 꺼내어 두 사람에게 권했다. 그 순간 문이 열리며 아까 카운터 뒤에 있던 뚱뚱한 중국인이 들어왔다. 그는 제법 유창한 영어로 두 사람에게 인사를 하고서는 왕지성과 나란히 앉았다.

"중국인 여자가 곧 올 겁니다." 왕지성이 말했다.

점포에서 일하는 소년이 차 주전자와 잔을 담은 쟁반을 들고 들어왔다. 그 중국인이 두 사람에게 차를 권했지만 크로스비 씨는 사양했다. 두 중국인은 나직나직 뭐라고 쑤군거리고 있었지만, 크로스비 씨와 조이스 씨는 덤덤히 앉아 있었다. 마침내 문 밖에서 누군가 나지막이 부르는 듯한 소리가 나자 중국인이 일어나서 문간으로 갔다. 문을 열고서 두어 마디 뭐라고 하더니 한 여인을 데리고 왔다. 조이스 씨는 여인을 보았다. 하몬드 씨가 죽은 후로 어지간히 이야기는 들었지만 본 적은 없었다. 몸집이 뚱뚱한 편이고 나이도 그리 젊지도 않았다. 넓적하고 둔감한 얼굴을 하고 있었다. 분칠을 하고 입술을 바르고 눈썹을 가느다랗고 까맣게 한 줄로 그었지만, 어딘지 모르게 보통 여인이 아니라는 인상을 주었다.

엷은 남색 자켓에다가 흰 스커트를 입어서, 복장은 유럽

식도 아니요 또한 중국풍도 아니었다. 그러나 발에는 비단으로 만든 귀여운 중국신을 신고 있었다. 목에는 무거운 금줄을 걸치고, 팔목에는 금팔찌를 하고, 귀에는 금 귀걸이를 달고, 새까만 머리칼에는 정교하게 만든 핀을 꽂고 있었다. 그녀는 느릿느릿, 스스로 믿는 바가 있는 듯한, 그러면서도 어쩐지 무거운 걸음걸이로 들어와서 왕지성 옆에 있는 침대에 걸터앉았다. 왕지성이 그녀에게 뭐라고 하자, 그녀는 고개를 끄덕이면서 두 백인을 싱겁게 바라보았다.

"이분이 편지를 갖고 계신가?" 하고 조이스 씨가 물었다.

"네, 그렇습니다."

크로스비 씨는 아무 말 없이 호주머니에서 5백 달러짜리 지폐 뭉치를 꺼냈다. 그는 스무 장 세어서 그것을 왕지성에게 넘겨 주었다.

"틀림없나 세어 보시오."

왕지성은 세어 보고 다시 그것을 뚱뚱한 중국인에게 넘겼다.

"틀림없습니다."

중국인은 다시 한 번 세어 본 다음 호주머니에 집어 넣었다. 그리고 그 여인에게 다시 뭐라고 말을 하자, 그 여인은 그녀의 품속에서 편지를 하나 꺼냈다. 그녀는 그 편지를 왕지성에게 넘겨 주었고, 왕지성은 잠시 훑어보더니 "이것이 진짜 원본입니다" 하며 조이스 씨에게 편지를 주려고 했다. 그때 옆에서 크로스비 씨가 홱 낚아채면서 말했다.

"그것을 내게 보여주시오."

조이스 씨는 그가 읽어 내려가는 것을 빤히 보면서 끝나기를 기다렸다가 손을 내밀었다.

"제가 간직하고 있는 게 좋겠지요."

그러나 크로스비 씨는 편지를 정성스레 접어서 호주머니에 넣었다.

"아닙니다. 내가 간직하지요. 여간 비싼 물건이 아니니까."

조이스 씨는 아무 말도 하지 않았다. 세 명의 중국인은 이 사소한 언쟁을 물끄러미 바라보고 있었는데, 그들의 무표정한 얼굴로는 과연 그들이 그것을 어떻게 생각하였는가, 아니 그것보다도 생각이나 하였는지조차 알 수가 없었다. 조이스 씨가 일어섰다.

"오늘 밤 제게 또 무슨 용무가 있으신지요?" 하고 왕지성이 물었다.

"없네."

그는, 왕지성이 약속된 자기 몫의 돈을 받기 위하여 뒤에 남고 싶어하는 것을 잘 알고 있었다. 그는 크로스비 씨를 돌아보면서 말했다.

"나가 볼까요?"

 그 말에는 대답하지 않고 크로스비 씨는 잠자코 일어섰다. 중국인이 문간으로 가서 문을 열었다. 왕지성이 타다 남은 양초를 찾아내어 불을 붙여서 층계를 비춰 주었다. 두 명의 중국인은 한길까지 배웅하여 주었지만, 여인은 홀로 남아 덤덤히 침대에 앉아서 뻐끔뻐끔 담배를 피우고 있었다. 한길에 이르자 중국인들은 헤어져 다시 이층으로 돌아갔다.

"그 편지를 어떻게 하시려는 겁니까?" 하고 조이스 씨가 물어보았다.

"간직하여 두겠어요."

 그들은 차가 기다리고 있는 데까지 걸어갔다. 조이스 씨는 "타지 않겠어요?" 하고 권해 보았으나, 크로스비 씨는 고개를 내저었다.

"아니오, 걸어가겠소" 하더니, 그는 조금 망설이며 머뭇거리다가 말했다.

"이것 봐요, 하몬드가 죽은 날 밤 내가 싱가포르에 갔던 것은 엽총을 팔겠다는 한 친구로부터 그걸 사들일 목적도 있었단 말입니다. 그럼 안녕."

 그리고 그는 총총걸음으로 어둠 속으로 사라져 갔다.

 재판은 조이스 씨가 예상한 그대로였다. 배심원들은, 말하자면 레즐리의 무죄를 결정하고 법정에 들어선 것이었다. 그녀는 자기 자신에게 유리하게 진술했다. 그리고 사건 내용을 간단하고도 솔직하게 말했다. 검사는 온후한 인물이어서, 그는 자기가 담당한 업무를 결코 기뻐하지 않고 있다는 것을 쉽게 느낄 수 있었다. 꼭 필요한 심문조차 그는 불쾌하다는 듯이 하고 있었다. 그의 논고論告에 이르러서는 도리어 변호론辯護論에 가깝다고 해도 무방한 것이었다. 그리고 배심원의 판결도 5분도 채 걸리지 않았다. 그 순간 초만원을 이룬 재판정의 방청객에서 일어난 요란한 환호의 폭풍을 막는다는 것은 도저히 불가능했다. 재판장은 크로스비 부인에게 축사를 했고, 그녀는 다시 자유의 몸이 되었다.

 하몬드의 행위를 가장 통렬하게 비난하고 있었던 것은 조이스 부인이었다. 그녀는 친구에게 충실한 여인이었다. 그래서 재판이 끝나면 ― 결과에 대해서는 그녀도 세상 모든 사람과 마찬가지로 처음부터 의심하지 않았다 ― 출발할 준비가 될 때까지 두 사람 다 자기 집에 머물러 있기를 주장한 것도 그녀였다. 가엾게도 레즐리를 그렇게 무서운 사건이 벌어진 집으로 돌려보낸다는 건 애당초 말이 안 된다는 것이었다. 재판이 끝난 것은 열두 시 반이 조금 넘은 무렵이었는데, 그들이 조이스 씨 부부 댁에 이르니 굉장한 점심 식사가 그들을 기다리고 있었다. 칵테일도 준비되어 있었는데, 조이스 부인의 칵테일 솜씨는 일품이어서 말레이연방에서도 알아줄 정도로 뛰어났다. 부인은 레즐리의 건강을 위하여 축배를 들었다. 그녀는 원래 수다스럽고 쾌활한 여인이었는데, 오늘은 특히 신이 나서 떠들어대고 있었다. 그것은 다행스런 일이었다. 다른 사람들이 모두 꿀먹은 벙어리처럼 말이 없었기 때문이다. 그러나 그녀는 별로 미심쩍어 하지도 않았다. 조이스 씨는 늘 말수가 적었고, 나머지 두 사람도 오랫동안의 마음의 피로로 녹초가 되어 있는 것은 당연하다고 생각했기 때문이다. 식사를 하는 동안 그녀는 혼자 신이 나서 떠들어대고 있었다. 커피가 나왔다.

"이제 좀 쉬셔야지요" 하고 그녀는 명랑하면서도 서두르는 듯한 음성으로 말했다.

"그리고 차를 드신 후에 제가 두 분을 모시고 바닷가로 드라이브해 드리겠어요."

조이스 씨는 점심 식사를 집에서 한다는 것은 전혀 예외였으므로 사무실로 돌아가야 했다.

"부인, 전 그럴 겨를이 없어요. 지금 당장 고무농장으로 돌아가야겠습니다" 하고 크로스비 씨가 말했다.

"설마 오늘은 아니겠죠?"

"아뇨, 지금 당장입니다. 너무 오래 방치해 두었고 또 급한 용무도 있고 해서요. 하지만 레즐리는 우리의 계획이 설

때까지 여기에 머무르도록 해 주신다면 여간 고맙지 않겠습니다."

조이스 부인이 말을 꺼내려 했으나 조이스 씨가 가로막았다.

"용무가 있으시다면 할 수 없지. 끝내야 하니까." 변호사의 어조에는 무슨 이상한 것이 있었다. 조이스 부인이 재빨리 자기 남편을 보았고, 그녀는 입을 다물었다. 잠깐 동안 침묵이 흘렀다. 이윽고 크로스비 씨가 다시 입을 열었다.

"그럼, 실례하겠어요. 어두워지기 전에 도착하도록 지금 당장 떠나야겠습니다" 하고서, 그는 식탁에서 일어났다.

"배웅해 주겠지, 레즐리?"

"네, 그럼요."

그들은 함께 식당을 나갔다.

"너무 무정하다고 생각해요." 조이스 부인이 투덜거렸다. "레즐리가 함께 있고 싶어한다는 것쯤은 그이도 아실 텐데."

"부득이한 일만 없다면야 그 친구도 설마 떠날라고."

"전 레즐리 방이 준비되었나 가보겠어요. 실컷 쉬고 싶을 거예요. 그리고 무슨 재미나는 거라도 하고 싶을 거고."

부인이 방을 나가자 조이스 씨는 다시 걸터앉았다. 이윽고 크로스비 씨가 오토바이의 시동을 거는 소리가 들렸고,

이어서 마당의 자갈이 자박자박 하는 요란한 소리가 났다. 그는 일어나서 응접실로 갔다. 크로스비 부인은 방 안 한복판에서 멍하니 허공을 응시하며 서 있었다. 손에는 한 장의 펼쳐진 편지를 들고 있었는데, 그는 곧 그것을 알아보았다. 그가 들어가자 부인은 힐끗 그를 쳐다보았는데, 그것은 죽은 사람과 같은 창백한 얼굴이었다.

"저인 알고 계세요" 하고 그녀는 속삭이듯 중얼거렸다.

조이스 씨는 그녀에게로 다가가서 편지를 빼앗아 들었다. 성냥을 켜서 종이에 불을 붙였다. 그녀는 편지가 타는 것을 물끄러미 바라보고 있었다. 더 이상 들고 있을 수 없게 되자 그는 타일을 깐 방바닥에 떨어뜨렸다. 두 사람은 종이가 곱슬곱슬 까맣게 타들어가는 것을 보고 있었다. 그러고 나서 그는 발을 들어 산산이 부서지도록 짓밟아 버렸다.

"무엇을 말입니까?"

그녀는 빤히 그의 얼굴을 바라보고 있었는데, 그녀의 눈빛에는 이상야릇한 표정이 역력했다. 경멸인가, 아니면 절망인가? 조이스 씨는 알 수가 없었다.

"조프가 제 애인이었다는 걸 말입니다."

조이스 씨는 꿈쩍도 않은 채 묵묵히 서 있었다.

"여러 해 전부터예요. 전쟁에서 돌아온 직후라 해도 좋겠지요, 그이가 제 애인이 된 것은. 매우 조심해야 된다는 건 우리도 알고 있었어요. 그래서 연인 관계가 되어서부터는 전 짐짓 그이가 싫어진 척했답니다. 그이도 로버트가 계실 때에는 좀처럼 들르지 않았지요. 한 주일에 두세 번 둘이서 정해 놓은 곳으로 제가 차를 몰고 나가면 그이도 와 주었어요. 그래도 로버트가 싱가포르에 가시면 밤 느지막이, 하인들이 잠자리에 든 뒤에 방갈로로 오곤 했어요. 우리들은 줄곧 만났어요. 그렇지만 누구 하나 티끌만큼도 눈치챈 이는 없었어요. 그러던 것이 1년쯤 전부터 그의 태도가 달라지기 시작했어요, 어찌된 영문인지는 모르고 있었지만. 그이가 더 이상 사랑해 주지 않을 거라는 것은 제게는 도저히 믿어지지 않았어요. 그이도 그럴 수가 있나 하고 항상 부정해 왔고요. 저는 미칠 것 같았어요. 싸움도 했지요. 때때로 그이가 절 미워하지나 않을까 하고도 생각했어요. 아아, 그때의 제 고민을 당신이 알아주신다면……마치 그건 지옥을 통과하는 듯한 괴로움이었습니다. 그이에게는 이젠 필요 없는 여자라는 걸 저도 알고는 있었지만, 그래도 저는 그를 놓치고 싶진 않았어요……아아, 그 괴로움! 전 그이를 사랑했어요. 모든 것을 바치고 있었어요. 그인 저의 전부요, 저의 생명이었어요. 바로 그즈음에 그가 중국인 여자와 동거하고 있다는 사실을 들었어요. 믿을 수가 없었어요. 믿고 싶지도 않았어요. 끝내 그 여자와 만났지요, 그럼요, 이 눈으로 똑똑히 보았답니다. 금팔찌와 금목걸이를 하고서 마을 한길을 걸어가고 있는 걸 보았어요. 나이깨나 먹은, 뚱뚱하게 살찐 그 중국인 여자는 저보다 나이가 더 위였어요. 정말 끔찍해요. 하몬드의 정부情婦라는 걸 동네에서는 모두들 알고 있었어요. 제가 스쳐 지나갔을 때 그녀도 저를 보았지요. 그리고 그녀도 또한 제가 하몬드의 정부라는 걸 눈치챘다는 것을 느꼈어요. 저는 하몬드를 부르러 사람을 보냈습니다. 꼭 만나야 되겠다고요. 그 편지는 당신도 읽으셨죠. 그런 편지를 쓰다니 제정신이 아니었나 봐요. 저로서도 뭐가 뭔지 알 수 없는, 될 대로 되라는 그런 심정이었어요. 열흘 동안이나 만나지 못하고 있었거든요. 평생 만나지 못할 것 같았어요. 더구나 마지막 헤어질 때 그인 저를 꼭 껴안고 키스해 주며 걱정하지 말라고 해놓고서, 제 팔을 빠져나가 그 길로 곧바로 그 여자에게로 갔으니까요."

그녀는 조용하면서도 감정이 격한 어조로 단숨에 지껄였다. 그러다가 여기서 잠시 숨을 돌이키더니 두 손을 쥐어짜듯이 하면서 말을 이었다.

"아아, 그 빌어 먹을 편지! 우린 그때까지 그토록 조심조심 해왔는데……그인 제가 적어 보낸 것은 늘 보고 난 뒤 그 자리에서 찢어 버렸거든요. 설마 그 편지가 남아 있으리라고는 저는 상상도 못했어요! 그래도 그인 와 주었어요.

저는 중국인 여자에 대해서는 빤히 알고 있다고 했지요. 그랬더니, 그건 거짓말이다, 헛소문에 지나지 않는다느니 하지 않겠어요. 저는 미칠 지경이었어요. 뭐라고 했는지 그것조차 모르겠어요. 아아, 그때처럼 그이가 그렇게 미울 수가 없었습니다. 그를 갈기갈기 찢어 주었어요. 별의별 소리를 다해서 핀잔을 주었어요. 그 얼굴에 침을 탁 뱉어도 시원할 것 같지 않았어요. 마침내 그이는 제 얼굴을 보며 말하는 것이었어요. 이젠 너에게는 진저리가 난다, 두 번 다시 만나고 싶지도 않다고. 나 같은 여자는 지긋지긋하다고도 했어요. 그리고, 중국인 여자 건은 사실이다, 벌써 여러 해 전부터, 전쟁이 일어나기 전부터의 관계로서 진정 사랑하고 있는 건 그녀뿐이고 그 밖에는 모두 심심풀이 장난에 지나지 않는다고 했어요. 또 '그걸 알아내었다니 고마워, 이젠 나도 해방될 테니까'라고까지 말했어요. 그리고는 어떻게 되었는지 아무것도 기억이 나지 않아요. 전 제정신이 아니었어요. 왈칵 분노가 치밀어 권총을 집어 들고 쏘았어요. 하몬드가 뭐라고 외쳤습니다. 그래서 저는 맞았구나 하고 생각했지요. 그인 비틀비틀 베란다로 도망했습니다만 저는 쫓아가서 또 한 방을 쏘았어요. 그가 거꾸러졌어요. 저는 그이 바로 위에서 한 발 또 한 발 연거푸 쏘아대고 있었는데, 그러던 중에 권총이 딸각딸각 하는 소리를 들었습니다.

이젠 탄환이 없구나 하고 생각했습니다."

 헐떡거리면서 마침내 그녀는 말을 끊었다. 잔인과 분노와 고통으로 일그러진 그녀의 얼굴은 벌써 인간의 얼굴이 아니었다. 이 잔잔하고 품위 있는 부인에게 이런 악마와 같은 격정激情이 숨어 있으리라고는 꿈에도 생각하지 못했을 것이다. 조이스 씨는 한 걸음 뒤로 물러섰다. 기가 막혀 멍하니 그녀만 바라보고 있었다. 그것은 얼굴이 아니었다. 말을 지껄이는 하나의 무서운 가면이었다. 그때 그들은 옆방에서 외치는 소리를 들었다. 커다란, 다정하고 명랑한 목소리였다. 조이스 부인이었다.

"레즐리, 이리 오세요, 방 준비가 다 됐어요. 무척 피곤하시죠?"

 크로스비 부인의 모습은 점점 침착해져 갔다. 그렇게도 뚜렷하게 나타났던 격정이 마치 구겨진 종이를 손으로 쓸어 펴듯이 가시고, 어느덧 냉정하고 잔잔하며 구김 없는 얼굴로 돌아가 있었다.

 약간 창백하긴 했지만 입술에서는 즐겁고도 정다운 미소가 새어 나왔다. 그녀는 다시 단정하고 기품 있는 여인이었다.

"지금 가겠어요, 도로시. 미안해요, 폐를 끼쳐서."

약 속

아내는 약속을 하여도 여간해서는 시간에 맞춰 온 적이 없는 여인이다. 그래서 클라리지 호텔에서 점심을 같이할 약속을 하고 10분 늦게 거기 도착하여 아내의 모습이 보이지 않았을 때에도 나는 별반 놀라지 않았다. 나는 칵테일을 주문했다. 마침 한창 사교社交시즌이라서 휴게실에는 빈 테이블이 두세 개밖에 없었다. 가벼운 식사를 끝마치고서 커피를 마시고 있는 사람이 있는가 하면, 나처럼 드라이마티니를 찔끔찔끔 즐기는 사람도 있었다. 여름 옷을 걸친 여인들의 모습은 화려하고 매력적이었고, 남자들도 활기찬 모습이었다. 그러나 쭉 둘러보아도, 아내를 기다리는 15분 동안 제법 나의 흥미를 끌 만한 사람은 하나도 눈에 띄지 않았다. 그들은 날씬하여 보기에도 기분 좋고 옷차림도 말쑥하고 마음도 편하고 한가해 보였는데, 대부분은 모두 똑같은 형形의 인간이었으므로, 그들을 바라보고 있는 나는 호기심이라기보다는 그저 무심히 바라본다는 심정이었다. 그러나 벌써 두 시가 되어 있었으므로 나는 시장기를 느꼈다.

 아내는 청록색인 터키옥玉 반지가 초록색으로 변색되어 버렸고 팔목 시계도 자주 멎기 때문에 그 어느 것도 쓸모가 없다고 투덜거리고 있었다. 그리고 그것을 운명의 장난으로 돌리고 있었다. 나로서는 터키옥에 대해서는 할 말이 없지만, 시계는 태엽을 감으면 쓸 수 있을 텐데 하고 때때로 생각했다.

 이런 생각을 하고 있는 사이에 웨이터가 옆으로 다가와서, 여느 호텔의 웨이터와 마찬가지로 거드름을 피우면서 제법 의미심장하게 소곤거리는 소리로 — 마치 그들의 전언傳言이 그 말에 나타나고 있는 이상의 나쁜 뜻이라도 지니고 있는 양 — 내게 이렇게 말했다.

 "방금 어떤 여인에게서 전화가 왔었는데요, 부득이한 일이 생겨 점심을 함께할 수 없다는 내용이었습니다."

 나는 주저했다. 혼잡한 레스토랑에서 혼자 식사를 한다는 건 그다지 즐거운 노릇은 아니고, 그렇다고 클럽으로 가기에는 너무 늦은 시각이었다. 결국 그냥 이대로 있는 게 낫겠다는 생각이 들었다. 나는 식당 쪽으로 어슬렁거리며 걸어갔다. 일류 레스토랑의 지배인에게 자기 이름이 기억되고 있다는 것에 하등 특별한 만족감을 느껴 본 적이 없었던 나는 세상의 점잖은 사람들 중에는 그렇게 여기는 사람이 상당히 많은 듯싶은데, 그러나 이때만은 싸늘한 눈초리로 맞이하지 않는다면 얼마나 좋을까 하고 생각했다. 딱딱하고 무뚝뚝한 얼굴을 한 지배인이 "테이블은 전부 차 있습니다" 하고 내게 일렀다. 나는 풀이 죽어 그 넓고 으리으리한 식당을 둘러보았다. 그때 문득 다행히 아는 이의 모습을 발견했다. 엘리자벳 버몬트 부인으로서 나와는 오랜 친구지간이었다. 나를 보더니 그녀는 쌩긋 웃었다. 그녀가 혼자라는 것을 알아채고 나는 뚜벅뚜벅 그녀에게로 다가갔다.

"배고픈 자를 가엾게 여기시어 당신 옆에 자리를 잡게 해주시죠?"

"네, 그러세요. 하지만 전 거의 끝났어요."

그녀는 육중한 기둥 옆에 있는 조그마한 테이블에 자리 잡고 있었다. 그리고 내가 자리를 잡았을 때 많은 사람들로 몹시 붐볐지만, 나는 우리들 단 두 사람만 있는 듯한 느낌이 들었다.

"이거 참 다행이군요. 시장해서 쓰러질 지경이었는데."

그녀는 무척 상냥한 미소를 지어 보였다. 그것은 그녀의 얼굴을 당장에 환히 밝게 하는 따위의 것은 아니고, 오히려 매력을 얼굴 전체에 점차적으로 번지게 하는 그러한 것으로 생각되었다. 그 미소는 잠시 입술 언저리에 감돌더니, 이윽고 그것은 저 커다란 반짝이는 눈 쪽으로 옮겨져 거기서 가냘프게 머물러 있었다.

 엘리자벳 버몬트를 보통 일반적인 유형의 여인이라고 단언할 수 있는 사람은 없으리라. 나는 그녀의 소녀 시절에 대해서는 통 모르지만, 많은 사람들의 이야기에 의하면 그녀는 무척 사랑스러운 계집아이로서 보는 이의 눈에 눈물이 핑 돌게 할 정도였다는 것이다. 정말 그랬으리라는 생각이 내게도 충분히 들었다. 왜냐하면 이젠 50세이건만 그래도 비할 데 없는 아름다움을 지니고 있기 때문이다. 그녀의 시들어 가는 아름다움에 비해 젊은 여인들의 꽃피는 듯한 싱싱한 아름다움은 어쩐지 무미건조한 느낌이 들게 하는 것이었다.

 나는 누구나가 똑같은 얼굴로 보이는 짙은 화장을 한 얼굴을 좋아하지 않는다. 여인이 분가루, 볼연지, 입술연지를 발라 그 표정에 싱싱한 맛을 가시게 하거나 개성을 모호하게 한다는 것은 어리석은 짓이라고 생각한다. 엘리자벳 버몬트도 화장은 하고 있었으나, 그것은 자연을 모방하기 위해서가 아니고 도리어 그것을 두드러지게 하기 위해서였다. 그러나 사람들은 그러한 화장법을 문제시하지 않고 그 결과를 칭찬하는 것이었다. 그녀가 화장품을 사용하는, 이

것 보라는 듯한 대담함도 그 단정한 얼굴의 개성을 덜기는 커녕 오히려 그것을 한층 더 드러나게 하는 것이었다. 머리 칼은 염색을 한 듯 까맣고 윤기 있게 반짝이고 있었다. 그녀는 털썩 기댄다든지 하는 따위는 전혀 모르는 것처럼 자세를 꼿꼿이 한 채 앉아 있었다. 그녀는 까만 공단으로 지은 옷을 입고 있었는데, 그 디자인은 간단했지만 훌륭해 보였다. 목에는 기다란 진주 목걸이를 하고 있었다. 그녀가 몸에 지닌 보석이란 그 밖에 결혼 반지인 커다란 에메랄드뿐이었는데, 그 거무스름한 빛은 그녀의 새하얀 손을 유달리 드러나게 하고 있었다. 그러나 그녀의 나이를 가장 뚜렷하게 나타나게 하는 것은 매니큐어를 칠한 붉은 손톱을 가진 그녀의 손이었다. 물론 소녀 특유의 보드랍고 사랑스러운 보조개를 짓는 토실토실함은 없다. 그 손을 보면 누구나 어떤 실망을 느끼지 않을 수 없었다. 맹수猛獸의 발톱처럼 보일 날도 그다지 멀지 않다는 느낌도 들었다.

　엘리자벳 버몬트라고 하면 상당히 평판 높은 여인이었다. 공작인 어스 7세의 딸로 태어나, 열여덟 살 때 어떤 대단한 부자와 결혼하여 곧 어마어마하게 사치스런 생활을 시작하였던 것이다. 그녀는 너무 거만하다 보니 조심성 있게 행동할 줄 모르고, 앞뒤를 헤아리지 않다 보니 결과 따위는 아랑곳하지 않았으므로, 2년도 못 되어서 매우 놀랄 만한 스캔들을 일으켜 그녀의 남편과 이혼하고 말았다. 그 이혼 소송에 관계가 있던 세 명의 공동 피고인의 한 사람과 결혼한 그녀는 18개월 후에는 그 남자로부터 도망쳤다. 그리고는 연달아 애인이 생겼다. 그녀는 그러한 방탕으로 인해 유명해졌다. 그녀의 놀랄 만한 미모와 난잡한 행동은 세인의 눈총을 받았고, 뭇사람의 입에 오르내릴 쑥덕공론의 씨를 뿌리지 않은 때가 없었다. 그녀의 이름은 고상한 사람들에게는 여간 역겨운 게 아니었다. 도박을 하고, 낭비하고, 또 방종한 여인이었기 때문이다. 그러나 애인에게는 성실하지 않았던 그녀도 친구에게는 충실했다. 따라서 설사 그녀가 어떠한 짓을 저질러도, 그녀는 퍽 좋은 사람이라는 것 이외의 비평은 허락치 않는 친구가 언제나 몇몇이 남아 있었다. 그녀는 솔직함과 고결함과 용기를 지니고 있었다. 결코 위선자는 아니었고, 관대하고 성실했다.

내가 그녀를 알게 된 것은 바로 이러한 시기였다. 왜냐하면 신분이 높은 부인들이 일단 그 신용을 잃으면, 종교는 고리타분하고 해서 예술에 관심을 나타내게 되기 때문이다. 같은 계층의 사람들로부터 싸늘한 시선을 받게 되면, 그녀들은 작가·화가·음악가의 사회에 몸을 드러내는 수가 많다. 사귀어 보니 그녀는 마음이 맞는 친구였다. 마음 속에 생각하고 있는 것은 무엇이든 거리낌없이 척척 말하는

_{그리하여 유용한 시간을 많이 갖게 된다} 행복한 사람의 하나로서 제법 위트가 있는 여인이기도 하였다. 그녀는 언제나 유머를 섞어 가면서 재미나게 자기의 야단스럽던 과거지사를 기꺼이 들려주었다. 그녀의 말솜씨는 잘 다듬어지지는 않았지만 꽤 좋은 편이었다. 별의별 일이 있긴 했지만 그녀는 정직한 여인이었다.

 어느 날 그녀는 깜짝 놀랄 만한 일을 저질러 놓았다. 40세인 그녀가 21세의 청년과 결혼한 것이다. 그녀의 친구들은 그녀의 생애 중에서도 이와 같이 정신 나간 짓은 없었다고 할 정도였다. 이때까지 여하한 일이 있어도 그녀를 두둔해 왔던 몇몇 사람들도 그 청년이 착하고, 더구나 그 청년의 순진함을 그렇게 악용했다는 것은 부끄러운 일이라고 생각했기 때문에, 이번에는 그 청년을 위하여 이젠 그녀와 딱 인연을 끊고 말았다.

 사실 그 이상 참을 수 없는 일이었다. 그들은 닥쳐올 불행을 예언했다. 엘리자벳 버몬트란 여인은 어떠한 남자건 반년 이상 지탱하지 못했기 때문이다. 아니, 차라리 그렇게 되기를 원하기까지 했다. 그것은 그 가엾은 청년에게는 자기 아내가 무절제하게 바람을 피우고 다니므로 아내와 헤어지지 않으면 안 된다는 것이 유일한 탈출의 기회처럼 생각되었기 때문이다.

그러나 사람들의 예상은 들어맞지 않았다. 시간이 흘러 그녀의 마음에 변화가 생긴 때문인지, 혹은 피터 버몬트의 순진하고 단순한 애정이 그녀를 감동시켰는지 나로서는 알 수가 없지만, 어쨌든 그녀가 그에 대하여서는 모범적인 아내가 되었다는 것은 사실이었다.

그들은 가난했다. 원래가 사치스러운 그녀였건만 검소한 가정주부가 되었다. 그녀는 돌연 사람들의 평판에 무척 신경을 쓰게 되었으므로, 험담을 좋아하는 사람들도 입을 다물었다. 남편의 행복이 그녀의 유일한 관심거리인 것만 같았다. 그녀가 헌신적으로 그를 사랑한다는 것은 아무도 의심할 수가 없었다. 굉장히 오랫동안 그토록 세상의 물의를 일으켰건만, 그 후의 엘리자벳 버몬트는 더 이상 사람의 입가에도 오르지 않게 되었다. 이 연인의 이야기도 끝이 난 것처럼 보였다. 그녀는 전혀 딴 사람이 되었다. 이윽고 그녀가 늙디늙은 할머니가 되어 아무에게도 비난받는 일 없이 허다한 세월을 쌓게 된다면, 그 과거의 좋지 않은 방탕한 생활도 그녀가 한때 어렴풋이 안면이 있거나 벌써 훨씬 전에 죽어 버린 어떤 사람의 이야기처럼 되어 그것이 자기 자신의 것이 아닌 것처럼 생각되는 때가 올는지도 모른다. 그렇게 생각하니 어쩐지 우스웠다. 왜냐하면 여자란 부러울 만한 망각의 재능을 가지고 있기 때문이다.

그러나 운명이 사람들의 앞길에 어떠한 것을 마련하고 있는지 누가 알 수 있겠는가? 눈 깜짝할 사이에 모든 게 온통 바뀌고 말았다. 피터 버몬트는 이상적인 결혼 생활을 10년 동안이나 계속하고서 바바라 캔튼이라는 소녀와 미친 듯이 사랑을 나누었기 때문이다. 그녀는 한때 외무 차관을 지냈던 로버트 캔튼 경(卿)의 막내딸로서, 곱슬곱슬한 금발의 미인이었다. 그러나, 물론 아름다움이란 점에서는 엘리자벳 부인과는 도저히 비교가 안 되었다. 피터의 이 연애 사건을 알고 있는 사람은 많았으나, 과연 엘리자벳 버몬트가 그것을 눈치 채고 있는지 어떤지 그것은 아무도 몰랐다. 그리고 엘리자벳이 지금껏 자기 자신의 경험에서는 일어난 적이 없는 사태에 대하여 과연 어떻게 나올 것인가 하고 사람들은 궁금해 하고 있었다. 사랑하는 사람을 내팽개친 것은 항상 그녀 쪽이었지 남자 쪽에서 그녀를 버리거나 하는 일은 없었던 것이다.

나는, 그녀가 저 귀여운 캔튼 양의 문제를 쉽사리 처리할 것으로 생각하고 있었다. 왜냐하면 그녀의 용기와 수완을 너무나 잘 알고 있었기 때문이다. 그러나 나는 이러한 것은 모두 가슴 속에 간직한 채 시치미를 떼고 그녀와 점심 식사를 나누면서 지껄이고 있었다. 그녀는 여느 때처럼 명랑하고 매력적이고 솔직하였으므로, 그 태도에서는 고민하고 있다든지 하는 내색은 털끝만큼도 찾아볼 수가 없었다. 그녀는 여느 때와 조금도 다름없이 예사로이, 그러나 양식良識과 날카로운 유머 감각을 가지고서 연거푸 화제에 오르는 여러 가지 것에 대하여 수다를 떨고 있었다. 나는 즐거웠다. 어찌된 영문인지 그녀는 피터의 변심을 도무지 눈치채지 못하고 있다는 느낌이 들게 했다. 어쩌면 그녀의 피터에 대한 애정이 너무 크다 보니, 피터의 그녀에 대한 애정이 그것에 덜하리라고는 도저히 생각할 수 없으리라고 나는 스스로 자신에게 설명하였던 것이다.

우리는 커피를 마시고 담배를 두어 대 피웠다. 그녀는 내게 시간을 물었다.

"세 시 15분 전입니다."

"전 계산을 치러야겠어요."

"점심값은 제게 맡기시지 않겠어요?"

"아유, 미안합니다" 하고 그녀는 방긋 웃었다.

"급한 볼일이라도 있으신가요?"

"세 시에 피터와 만나기로 되어 있어요."

"아, 그러세요. 피터 씬 무고하시죠?"

"퍽 건강해요."

그녀는 천천히 그리고 즐거운 듯한 웃음을 띠었지만, 나는 그 웃음 속에 어떤 조롱 비슷한 것을 헤아릴 수 있었다.

그녀는 잠시 머뭇거리다가 나를 신중하게 바라보았다.

"별스러운 사건 좋아하시죠? 제가 이제부터 해야 할 용건이 어떤 것인지는 짐작도 못 하실 거예요. 오늘 아침 피터에게 전화를 걸어 세 시에 만나자고 요구했거든요. 저와 이혼해 달라고 이쪽에서 부탁을 할까 해서요."

"설마" 하고 나는 큰 소리를 질렀다. 얼굴이 상기되는 것 같아서 무어라고 말해야 좋을지 몰랐다.

"당신들은 매우 금실이 좋게 지내신다고 생각하고 있었는데요."

"세상 사람들이 뻔히 알고 있는 일을 제가 모르고 있는 줄 아셨어요? 이래 봬도 그렇게까지 바보는 아니거든요."

그녀는 마음에도 없는 말을 함부로 내뱉는 그러한 여인도 아니었고 나로서도 그녀의 말귀를 못 알아 들은 체 할 수는 없었으므로, 나는 잠시 동안 묵묵히 입을 다물고 있었다.

"왜 당신은 이혼을 해야만 되지요?"

"로버트 캔튼이라면 완고한 늙은이 아닙니까? 만약 제가 피터와 이혼한다면, 그 사람은 바바라가 피터와 결혼하는 걸 허락할는지도 모르니까요. 게다가 당신도 아시다시피 제 자신에겐 이혼한대도 대수로울 건 없으니까요. 고작해야 또 이혼했나 할 정도죠……."

그녀는 예쁜 어깨를 으쓱해 보였다.

"피터가 그 여자와 결혼하고 싶어하는 걸 어떻게 아시죠?"

"그인 그 여자에게 넋을 잃고 있는 걸요."

"당신에게 그렇다고 실토하던가요?"

"원 천만에. 제가 그걸 알고 있다는 것조차 아직 모르고 있어요. 가엾게도 그인 제 감정을 건드리지 않으려고 무던히도 애쓰고 있답니다."

"아마 그저 일시적으로 들떠 있는 마음일 겁니다. 뭐 오래 계속될라고요." 나는 감히 이런 말을 던져 보았다.

"별말씀을 다. 바바라는 젊고 이쁘고 정말 착한 여자예요. 그들이야말로 천생배필인 걸요. 더구나 피터의 그 여자에 대한 열이 식는다고 해도 우리들 사이가 전처럼 될 리는 만무하잖아요. 지금 저 사람들은 서로 사랑하고 있고, 사랑의 세계에선 현재만이 문제니까요. 전 피터보다 열아홉 살이나 위이고, 남자는 자기 어머니 뻘 되는 나이의 여자를 일단 사랑하지 않게 되면 그 여자를 다시 사랑하게 될 줄 아세요? 선생님은 소설가이시라 그만한 사람의 심정은 알고도 남음이 있을 텐데요."

"하지만 당신은 왜 그러한 희생을 하셔야 하나요?"

"10년 전 그이가 저더러 결혼해 달라고 청하였을 때, 만약 해방되기를 그이가 원한다면 그렇게 하여도 좋다고 제가 약속했답니다. 워낙 우리들의 나이 차이가 심하다 보니 그런 약속이라도 해두지 않으면 어쩐지 공평치 못할 것 같은 느낌이 들었어요."

"그 사람이 요구하지도 않는데도 당신 쪽에서 그 약속을 이행하시려는 겁니까?"

그녀는 그 길고 가느다란 손을 조금 움직였는데, 그때 그 거므스레 빛나는 에메랄드 빛깔에 웬지 불길한 것이 있는 것처럼 느껴졌다.

"아, 그거야 물론 지켜야죠. 누구나 신사답게 행동해야 하니까요. 솔직이 말씀드리면, 제가 오늘 여기서 점심을 먹고 있는 것도 그 때문이에요. 그이가 저에게 결혼 신청을 한 게 바로 이 테이블에서였거든요. 글쎄, 우리들 두 사람은 함께 여기서 식사를 하고 있었어요. 저로선 그이에 대한 애정이 그때나 지금이나 조금도 변함이 없는 게 딱하긴 하지만요." 그녀는 잠시 말이 없었다. 그녀가 이를 악물고 있다는 것을 알 수 있었다.

"자, 이제 가야죠. 피터는 자기를 기다리게 하는 사람은 딱 질색이거든요."

그녀는 자기 자신도 어찌할 수 없다는 듯한 표정을 조금 지었다. 나는, 그녀가 의자에서 몸을 일으키려는 마음이 선뜻 내키지 않는 듯한 것을 보고 가슴이 아팠다. 그러나 웃음을 짓더니 그녀는 벌떡 의자에서 일어섰다.

"모셔다 드릴까요?"

"그럼 호텔 입구까지만."

우리들이 식당과 휴게실을 지나서 입구에 다다르자, 수위가 회전문을 돌려주었다.

"택시를 불러 드릴까요?" 하고 내가 물어 보았다.

"아니예요. 걷는 게 좋을 것 같군요. 아주 상쾌한 날씨인데요."

그녀는 작별의 악수를 하기 위하여 손을 내밀었다.

"정말 즐거웠습니다. 전 내일 외국으로 떠납니다만, 가을엔 줄곧 런던에 있을 작정입니다. 부디 전화를 걸어봐 주세요."

그녀는 웃으며 고개를 끄덕이더니 발길을 돌렸다. 나는 데이비스가(街)로 걸어 올라가는 그녀를 지켜보았다. 날씨는 여전히 온화해서 마치 봄날 같았다. 지붕 위로 조그마한 흰 구름이 파란 하늘에 유유히 떠다니고 있었다.

꼿꼿이 몸을 세우고 걸어가는 그녀의 자세는 퍽 균형이 잡혀 있었다. 그녀는 날씬하고 아름다운 몸매를 하고 있었으므로 지나가는 사람들은 모두 그녀를 쳐다보았다. 어떤 아는 사람이 모자를 벗어 인사를 하자, 그녀도 품위 있게 고개를 숙이는 모습도 보였다. 그 사람에게는 이러한 모습이 애끊는 심정을 지닌 사람이라고는 꿈에도 생각되지 않을 것이다. 되풀이하지만 그녀는 무척 정직한 여인이었다.

삼십육계 줄행랑

 여자가 일단 남자와 결혼하려고 결심했다면, 그 남자는 즉시 삼십육계를 놓지 않는 한 자기를 구해 내지 못한다고 나는 항상 확신해 왔다. 그러나 이 방법이 항상 적용되는 것은 아니다.

 언젠가 내 친구 하나는 피할 수 없는 운명이 협박하듯이 눈앞에 다가오자마자 어느 항구에서 배를 집어 타고 짐이라곤 칫솔 하나뿐이었다 —— 그토록 위험이 임박해 있다고 느끼고 즉각적인 행동의 필요성을 뼈저리게 의식했던 것이다 1년 동안 세계 유람 여행으로 소일하였던 것이다. 그리하여 이젠 염려없으려니 하고 생각하여 마음 푹 놓고 여자란 변덕스럽기 때문에 1년이 지나면 나에 대해선 까맣게 잊어버리고 있을 테지, 하고 그는 말하고 있었다 배를 탔던 항구에 상륙했는데, 부두에서 누군가 신이 나서 그를 향해 손을 흔들고 있다는 것을 느낄 수 있었다. 그녀는 다름 아닌 1년 전에 그가 뺑소니친 상대였던 바로 그 조그마한 부인이었다.

나는 이런 경우를 용케 모면한 남자를 단 한 사람 알고 있다. 로저 차링이라는 남자였다. 그가 루스 바로우라는 여성과 사랑에 빠졌을 때에는 이젠 새파란 젊은이는 아니었으므로 신중하게 행동할 만한 경험은 충분히 쌓고 있었던 것이다. 그러나 이 루스 바로우란 여성은 대부분의 사내들을 꼼짝 못하게 하는 일종의 재능혹은 성질이라고나 할까?을 가지고 있었다. 로저로부터 상식과 신중함과 세속적인 지혜를 빼앗아 간 것이 바로 그녀의 이 재능이었던 것이다.

그는 마치 쭉 늘어선 구주희九柱戲, 아홉 기둥을 세우고 큰 공으로 이것을 넘어뜨리는 놀이 의 표적이 넘어지듯 쓰러지고 말았다. 이것은 그녀가 지닌 연민의 정이라는 천부적 재질 때문이었다. 바로우 부인 —— 그녀는 두 번이나 과부가 되었다 —— 은 빛나는 까만 눈동자를 가지고 있었는데, 나는 지금까지 이만큼 사람의 마음을 움직이게 하는 눈을 대한 적이 없다. 당장에라도 눈물이 넘쳐 흐를 것만 같은 그런 모습을 하고 있었다. 그 눈매를 보면 세상의 풍파가 특히 그녀에게는 혹심한 것처럼 생각되며, 가엾게도 이 여인의 고민은 보통의 인간으로서는 도저히 감당할 수 없을 것으로 느껴지는 것이었다. 만약 당신이 로저 차링처럼 돈 많고 튼튼하고 억센 사내라면 어쩔 수 없이 다음과 같이 중얼거렸을 것이다.

"나는 아무래도 인생의 모진 풍파와 이 가냘프고 가엾은 여인과의 사이에 서 주어야겠다. 아아, 저 사랑스러운 커다란 눈에서 슬픔의 그림자를 제거해 줄 수만 있다면 얼마나 좋을까!" 하고.

나도 로저의 이야기를 듣고 있으려니까, 마치 모든 사람이 바로우 부인을 학대하고 있는 것이 아닐까 하는 생각이 들었다. 아무래도 그녀는 무엇 하나 도무지 제대로 되어가는 일이 없는, 저 팔자 사나운 인간의 표상인 듯싶었다. 만약 그녀가 결혼하면 남편이 그녀를 두들겨 팬다, 브로커를 고용하면 그 녀석이 그녀를 속여 먹는다, 가정부를 맞아들이면 못되게 술을 퍼마신다, 새끼양을 치면 영락없이 죽여 버릴 것 같은 불행 등.

"겨우 그녀를 설득하여 결혼하기에 이르렀네" 하는 말을 로저에게서 들었을 때, 나는 그를 위하여 기뻐해 주었다.

"그녀와 잘 사귀어 주길 바라네. 그녀는 자네가 조금 무서운가 봐. 자네가 냉혹한 인간인 줄 알고 있거든" 하고 그가 말했다.

"사실 말이지, 그녀가 왜 그렇게 생각하는지 난 모르겠는걸."

"자네도 그녀가 맘에 들지?"

"아암, 퍽이나."

"불쌍하게도 여간 고생한 여인이 아냐. 어찌나 가엾은지."

"그래" 하고 나는 대답했다.

나로서는 그렇게밖에 대답할 도리가 없었다. 사실 나는 그녀가 멍텅구리라는 걸 알고 있었고, 또 요것이 무얼 조작하고 있구나 하고 생각했기 때문이다. 저래 보여도 속셈은 못釘 처럼 단단한 여자라고 나는 믿고 있었다.

그녀를 처음 만났을 때 우리는 브리지 게임을 하였는데, 그녀는 내 상대로 앉더니 내가 가지고 있는 으뜸 카드를 두 번이나 내놓게 했다. 그래도 나는 천사처럼 너그러운 태도를 취했는데, 사실 만약 누구의 눈에서 눈물이 쏟아져 나온다고 하면 그건 그녀의 눈에서가 아니라 오히려 내 눈에서라고 생각했다는 것을 실토한다. 그리고 그날 밤의 승부가 끝나고 그녀는 내게 많은 돈을 잃게 되자 추후에 수표를 보내 주겠다는 약속을 했는데, 그만 감감 무소식이었다. 그러므로 그 다음에 우리가 서로 얼굴을 대했을 때 정작 서글픈 표정을 지어야 하는 쪽은 그녀가 아니라 나라는 생각이 들지 않을 수 없었다.

로저는 그녀를 자기 친구들에게 소개했다. 이것저것 아름다운 보석을 사 주기도 했고, 여기저기 어느 곳에나 그녀를 데리고 다녔다. 멀지 않아 결혼식을 올린다는 것도 발표

되었다. 로저의 행복은 이만저만이 아니었다. 하나의 선행을 행하고 있을 뿐만 아니라, 자기로서도 무척 마음 내키는 일을 하고 있었기 때문이다. 이러한 일은 그다지 흔히 있는 경우가 아니므로, 그가 다소 분에 넘칠 정도로 자기 만족을 느끼고 있다고 해도 그건 그다지 놀랄 일이 못 되었다.

그러나 별안간 그의 열애는 식어 버렸다. 무슨 곡절인지는 나도 모르겠지만, 그녀와의 대화에 진절머리가 난 것은 결코 아닐 게다. 그녀는 대화라고 할 만한 것은 도대체 할 수가 없었기 때문이다. 아마도 애수를 듬뿍 띤 그녀의 독특한 표정이 이미 그의 심금을 울리는 일이 없어졌을 뿐이리라. 눈이 트이게 된 그는 지금까지의 세상 물정에 정통한 빈틈 없는 사람으로 되돌아온 것이었다. 루스 바로우라는 여자가 그와 결혼하고야 말겠다는 속셈이 너무나 훤히 들여다보였으므로, 그는 여하한 일이 있어도 루스 바로우 따위와 결혼하지 않겠다는 엄숙한 맹세를 한 것이었다.

그는 진퇴양난의 기로에 서 있었다. 지금 이렇게 자기 본래의 판단력이 되살아나다 보니, 자기가 상대해야 할 사람이 어떤 종류의 여성인가를 분명히 알아차리게 되었던 것이다. 이 편에서 헤어지자고 청하는 날에는, 그녀는 그 호소하는 듯한 눈빛으로 그녀의 상처 입은 감정을 보상받기 위하여 터무니없이 많은 위자료를 청구하여 올 것은 뻔한 노릇이었다. 게다가 사내가 여자를 차버린다는 것은 언제나 거북살스러운 법이다. 세상 사람들은 '원 그 사람 가혹한 짓을 했군' 하고 생각하기가 일쑤다.

로저는 누구에게도 비밀을 털어 놓지 않았다. 루스 바로우에 대한 자기의 감정이 변했다는 것을 말이나 행동으로나 전혀 나타내지를 않았다. 그건 지금까지와 조금도 변함이 없었다.

그녀가 원하는 것이라면 무엇이든 귀를 기울였다. 레스토랑에도 데리고 가고, 같이 연극 구경도 가 주기도 하고, 이따금 그녀에게 꽃을 보내기도 했다. 따뜻한 동정을 보이기도 하고, 사근사근 대해 주기도 했다.

그들은 적당한 집을 찾기만 하면 당장에 결혼하기로 작정했다. 그는 임대아파트에 살았고, 그녀도 가구가 딸린 방을 빌어 쓰고 있었기 때문이다.

그리하여 그들은 마음에 드는 주택을 물색하기 시작했다. 복덕방으로부터 로저에게, 팔려고 내놓은 집의 내부를 들어가 볼 수 있는 허가증을 보내 주었기 때문에 그는 루스를 데리고 숱하게 집을 보러 다녔다. 흠 잡을 데라고는 하나도 없는 집을 발견하기란 여간 어려운 노릇이 아니었다. 로저는 다른 여러 복덕방에도 신청해 보았다. 두 사람은 이집 저집을 연거푸 보고 다녔다. 어느 집이건 철저하게 조사하여, 지하실에 있는 창고에서 지붕 및 다락방에 이르기까지 세세히 살펴보았다. 때로는 집이 너무 크고, 또 때로는 너무 협소했다. 때로는 도심지에서 지나치게 떨어져 있는가 하면 때로는 지나치게 접근해 있는 것도 있었다. 어떤 집은 가격이 너무 비쌌고 또 어떤 집은 수리비가 너무 많이 들 것 같았다. 간혹 바람이 너무 통하지 않는가 하면 또 반면 바람이 너무 잘 통했다. 때로는 방 안이 너무 어두웠고 때로는 너무 쓸쓸해 보였다.

이 집은 우리에게 부적당하다는 흠을 잡아내는 것은 항상 로저 쪽이었다. 물론 로저라는 인간은 성미가 까다로운 면이 있었지만, 그로서는 사랑하는 루스에 대하여 완전무결한 집 이외의 것에는 살아 달라고 청할 마음이 차마 내키지 않았다.

그런데 완전무결한 집이란 하늘의 별 따기였다. 셋집 구하기란 지쳐 빠지는 성가신 일이었으므로, 이윽고 루스는 점차 불평을 쏟아 놓기 시작했다. 로저는 조금만 더 참아 달라고 그녀에게 간청했다. 어딘가에 반드시 우리들이 찾고 있는 바로 그런 집이 있을 것이다, 조금 끈기 있게 찾기만 하면 꼭 그런 집을 찾아내고 말 것이라고. 그들은 몇백 호나 되는 집을 보고 다녔고, 몇천이나 되는 계단을 올라가기도 했다. 부엌도 헤아릴 수 없이 많이 살펴보았다. 루스는 기진맥진하여 몇 번이나 분통을 터뜨렸다.

"만약 집이 곧 발견되지 않으면 우리 결혼 문제 다시 생각해 봐야 할 것 같아요. 정말 이대로 나가다간 우린 앞으로 몇 해 동안이나 결혼 못할 거 아녜요."

"원 별소리를. 참아 달라고 부탁하지 않았소. 내가 최근에 소문을 들은 복덕방으로부터 팔려고 내놓은 집의 아주 새로운 목록을 입수할 참이니까. 그것에는 틀림없이 적어도 60호 가량은 적혀 있을 거요."

또다시 그들은 집 찾기에 나섰다. 그들은 이 집 저 집을 살펴보며 다녔다. 2년 동안 집만 보고 돌아다녔던 것이다. 루스는 점점 뚱하고 조소하는 듯한 태도를 보이게 되었다. 애수를 띤 아름다운 그녀의 눈에는 이제 음울한 빛이 나타나게 되었다. 인간의 참을성에도 한계가 있는 법이다. 바로우 부인은 천사 같은 인내력을 가지고 있었으나 마침내 반항하게 되었다.

"당신은 그래 저와 결혼하실 마음이세요? 그렇지 않으면 그러실 마음이 없는 거예요?" 하고 그녀는 따져 물었다.

그녀의 음성에는 평소와는 다른 험악한 감정이 깃들여 있었다. 그러나 그만한 것 때문에 그의 대답이 거칠어질 리는 없었다.

"물론 하고말고. 집을 찾기만 하면 당장 결혼할 작정이오.

그런데 방금 들은 말인데, 우리들에게 정말 안성맞춤인 집이 있다는데."

"전 이제 더 이상 집을 보러 돌아다닐 기력 따윈 없어요."

"가엾어라, 그래 퍽 피곤해 보인다고 생각했더니."

루스 바로우는 자리에 몸져 눕고 말았다. 로저는 문병차 그녀의 집을 방문했으나 그녀가 만나고 싶지 않다고 했으므로, 그는 꽃을 전해 주는 것으로 만족할 수밖에 없었다. 그는 여전히 부지런했고 신경을 쓰는 것을 게을리하지 않았다. 매일같이 편지를 썼고, 그들에게 알맞을 만한 집이 있다는 말을 들었노라고 그녀에게 알려 주는 것도 잊지 않았다.

일주일이 지나서 그는 다음과 같은 편지를 받았다.

로저 씨,

당신이 진정 저를 사랑하고 있다고는 생각되지 않는군요. 저를 꼭 돌보아 주고 싶다고 하는 사람을 찾았기에 저는 그이와 오늘 결혼하기로 하였습니다.

루스 올림

그것에 대하여 다음과 같은 답장을, 그는 특별히 사환을

시켜 그녀에게 전달케 했다.

  루스 씨,

 편지를 받고 저는 침울해져 있습니다. 이 타격을 이겨 낸다는 것은 영영 불가능할 것입니다만, 저로서는 물론 당신의 행복을 무엇보다도 먼저 생각하지 않으면 안 될 것 같습니다. 일곱 통 通의 가옥 내부 조사 허가증을 여기 동봉합니다. 이것은 오늘 아침 우편으로 도착한 것입니다. 반드시 이 속에서 당신들 두 분에게 꼭 적합한 집이 발견되리라 믿어 의심치 않습니다.

로저 올림

비

막 잠자리에 들 무렵이었다. 다음날 아침 잠이 깨면 육지가 보일 것이라고 했다. 맥파일 박사는 파이프에 불을 붙이고 나서 난간에 기대어 하늘을 쳐다보며 남십자성을 찾았다. 전선戰線에서 떠나온 지도 2년이 흘렀고 오랫동안 질질 끌던 상처도 아물어, 적어도 1년 동안은 조용히 아피아에 머무르게 된다고 생각하니 그는 정말로 기뻤다. 그리고 여행길에 올랐다는 것만으로도 벌써 마음이 후련해지는 것 같았다. 선객船客 중에는 다음날 파고파고에서 내리게 되는 사람이 있다고 해서 그날 저녁에는 자그마한 댄스 파티가 열렸었는데, 그의 귓전에는 아직도 자동 피아노의 귀에 거슬리는 불쾌한 음향이 울리고 있었다. 이윽고 갑판은 잠잠해졌다.

조금 떨어진 곳에 아내가 긴 의자에 앉아 데이빗슨 부부와 이야기하는 것이 보여, 그는 느릿느릿 그쪽으로 걸어갔다.

전등불 밑에 앉아 모자를 벗은 그의 머리는 빨간 머리칼이고 머리 꼭대기는 동그랗게 왕관처럼 벗겨져 머리털이 없었는데, 붉은 반점이 있는 피부가 빨간 머리털과 잘 어울렸다. 40세의 나이에 여윈 체구, 깔끔한 얼굴 모습이 엄밀히 말해서 오히려 현학적이었다. 그는 나지막하면서도 조용조용 스코틀랜드 사투리를 섞어 가면서 말을 하였다.

맥파일 부부와 선교사인 데이빗슨 부부 사이에는 취미의 공감이라기보다는 그저 거리의 가까움이 그렇게 만든 소위 선상船上친구로서의 친밀감이 있었다. 그들을 붙들어 매는 끄나풀이란 무엇보다도 밤낮을 가리지 않고 끽연실에 틀어박혀 포커나 브리지 게임을 한다든가, 또는 술을 마시며 소일하는 무리들에 대하여 그들이 똑같이 눈살을 찌푸린다는 점이었다. 맥파일 부인은 그 배에서 자기들 부부만이 데이빗슨 부부로부터 교제의 영광을 부여받은 사람이라고 생각하니 제법 우쭐해지기까지 했다. 수줍기는 하나 물론 바보는 아닌 박사조차도 거의 절반은 무의식적으로 이 찬사를 받아들이고 있었다. 다만 그는 원래 성미가 까다로웠기 때문에 밤에 선실로 돌아와서는 반드시 무슨 트집을 잡고야 말았다.

"데이빗슨 부인이 이렇게 말씀하셨어요. '만약 당신들이 없었다면 이번 여행은 어찌되었을까요? 생각만 해도 끔찍해요.'라고."

맥파일 부인이 자기의 가발을 말쑥하게 빗으면서 말했다.

"'이 배에서 교제하고 싶은 분은 정말 당신들 두 분뿐이에요.' 이렇게 부인이 말씀하시는 거예요."

"거 참, 한낱 선교사가 무슨 큰 인물이라고 그렇게 점잔을 뺀담."

"점잔을 빼는 게 아니예요. 부인의 말씀을 전 납득할 수 있어요. 끽연실의 그 우락부락한 무리들과 섞여 있어야만 된다면 데이빗슨 부부에겐 정말 견디기 어려운 노릇일 거예요."

"그러나 그들의 교주敎主는 결코 그런 구별은 하지 않았을 텐데" 하고서 맥파일 박사는 껄껄 웃었다.

"몇 번이고 말씀드렸잖아요. 종교에 대해서 농담을 하시는 게 아니라고. 알렉, 전 당신 같은 그런 성격은 딱 질색이에요. 당신은 아예 남의 좋은 점을 보시려 하지 않으시니까요."

그는 푸른 눈으로 힐끗 아내를 곁눈질했지만 대꾸는 하지 않았다. 오랜 결혼 생활의 경험으로, 마지막 말을 아내가 하도록 하는 것이 평화를 가져오는 더 나은 방법이라는 것을 터득하고 있었다. 그는 아내보다 먼저 옷을 갈아입고,

위층 침대로 들어가서 책을 읽다가 그냥 잠이 들어 버렸다.
 다음날 아침 갑판에 나와 보니 육지가 바로 눈앞에 펼쳐져 있었다. 그는 간절히 바라는 눈빛으로 육지를 바라보았다. 은빛으로 반짝이는 해변이 실오라기마냥 뻗어 나가 그 배후는 곧장 언덕으로 이어져 있었는데, 그 언덕은 꼭대기까지 무성한 수목으로 덮여 있었다. 무성한 야자수가 거의 해안선까지 뻗어 있었고, 그 사이사이로 사모아 사람들의 초가집과 여기저기 조그마한 예배당이 하얗게 반짝거렸다.
 데이빗슨 부인이 와서 그의 곁에 나란히 서 있었다. 그녀는 까만 옷을 입고 목에는 십자가가 매달려 있는 금목걸이를 차고 있었다. 그녀는 키가 작달막한 여인으로 그녀의 부시시한 갈색 머리는 제법 깜찍하게 빗질되어 있었고, 흐릿한 안경 너머에는 파랗고 큰 눈이 빛나고 있었다. 흡사 양의 얼굴처럼 길쭉했으나 그렇다고 해서 어리석게 보인다는 것은 아니고, 오히려 매우 빈틈 없이 보였다. 그녀는 참새처럼 분주히 돌아다녔고, 무엇보다도 현저히 드러나는 것은 감동이라고는 전혀 줄 수 없는 그녀의 쨍쨍한 금속성 음성이며, 듣는 사람의 귀에는 더할 나위 없는 그 단조로움이 착암기의 소음처럼 신경을 건드렸다.
 "이 광경을 보시면 고향에 돌아오신 기분이 드실 겁니다" 하고 맥파일 박사는 난해한 미소를 엷게 띠면서 말했다.

"아니예요, 저희 섬은 이렇지 않답니다. 더 납작한, 즉 산호섬이에요. 여기는 죄다 화산섬인 걸요. 도착하려면 아직 열흘이나 더 걸려요."

"하지만 여기에서는 본국이 바로 이웃 동네쯤 되겠죠" 하고 박사는 익살스럽게 말했다.

"설마, 그건 지나친 말씀이에요. 그러나 이 남태평양에 오면 거리에 대한 관념이 아주 달라지더군요. 그런 뜻에서는 말씀하시는 바와 같습니다만."

박사는 한숨을 쉬었다.

"이런 곳에 파견되지 않은 게 천만 다행이에요" 하고 그녀는 말을 이었다.

"듣자 하니 이곳은 전도하기가 매우 힘든 곳이라나요. 배가 드나드는 곳이라 사람들의 마음은 들뜨고, 게다가 해군기지가 있어서 그게 원주민들에겐 나쁘거든요. 우리 고장은 그런 애로 사항은 없어요. 물론 장사치가 한둘은 있습니다만, 행실을 바르게 해달라고 우리가 요구할 것이며, 설사 그렇게 하지 않는 사람에게는 이쪽에서 배겨날 수 없도록 해줄 테니까요. 그러면 그쪽에서 짐을 챙겨 슬쩍 떠나게 마련이거든요."

안경을 콧등에 걸친 채 그녀는 쌀쌀하게 푸른 섬을 바라보고 있었다.

"이곳은 선교사들도 좀처럼 도움을 줄 수가 없답니다. 정말 이런 데로 파견되지 않아서 하느님께 얼마나 감사를 드리는지 모르겠어요."

사모아 북쪽에 있는 한 무리의 섬이 데이빗슨 선교사가 맡은 구역이었다. 그 섬들은 넓게 분포되어 있어서 흔히 그는 카누를 타고 순회를 하지 않으면 안 되었다. 그런 경우에는 항상 아내가 본부에 남아 전도 사업을 담당하였다. 이 여인이라면 오죽이나 척척 잘 해나가랴 생각하니 맥파일 박사는 풀이 꺾이고 말았다. 그녀는 원주민의 비행에 대하여 거리낌없이 격한 소리로, 그리고 상냥한 체하면서도 떨리는 어조로 지껄이는 것이었다. 그녀의 우아함이란 일종의 독특한 것이었다. 그들 부부와 안면이 있은 지 얼마 안 되었을 무렵에 그녀는 이런 말을 한 적이 있었다.

"우리가 처음 이 섬에 왔을 때의 결혼 풍습이란 생각만 해도 소름이 끼치는, 도저히 입에 담을 수 없는 것이었어요. 하지만 부인께는 말씀드리겠어요. 들으시겠죠, 부인?"

이윽고 아내와 데이빗슨 부인이 갑판 의자를 서로 바짝 붙인 채, 약 2분 가량 열심히 말을 주고받는 것이 보였다. 운동 삼아 그들 앞을 오갈 때마다, 그는 계곡의 급류처럼 흥분에 떨리는 데이빗슨 부인의 소곤거리는 목소리를 들었다.

그리고 자기 아내의 멍하니 벌린 입과 창백한 얼굴을 보고, 그녀가 놀랄 만한 경험을 즐기고 있다는 것을 알았다. 그날 밤 선실로 돌아온 아내는 자기가 들은 모든 이야기를 숨을 죽여 가며 맥파일 박사에게 들려주었다.

다음날 아침 데이빗슨 부인은 신바람이 나서 큰소리로 떠들었다.

"정말 끔찍한 이야기였죠? 그렇게 무시무시한 이야기를 들은 적이 있으십니까? 제 입으론 죽어도 전할 수 없었다는 것을 이해하시겠지요. 아무리 당신이 의사라고 해도."

데이빗슨 부인은 그의 얼굴을 찬찬히 훑어보았다. 그녀가 바랐던 효과를 확인하고 싶어서 못 견디겠다는 듯이 연극적인 기분으로 가득 차 있었던 것이다.

"우리가 처음 그곳에 도착했을 때엔 기가 꺾여 버렸어요, 정말. 믿기 어려우시겠지만 어느 마을에서나 버젓한 처녀라곤 보고 죽으려 해도 없지 않겠어요."

'버젓한'이란 말을 그녀는 대단히 전문적인 뜻으로 쓴 것이었다.

"그래서 전 남편과 의논해서 무엇보다도 먼저 원주민이 추는 춤을 없애야 한다고 결심했어요. 원주민들은 춤에 미쳐 있었어요."

"저도 젊은 시절에는 춤이 그리 싫지는 않더군요." 맥파일 박사가 말했다.

"그러실 거라고 생각했어요. 어제 저녁에 부인께 한 번 춰 볼까 하시는 걸 엿들었거든요. 그야 부인과 춤을 추신다면 나쁠 건 하나도 없지만요. 그래도 부인께서 거절하셨을 때 사실 전 마음이 놓였어요. 역시 지금 같은 경우에도 우리가 이렇게 따로 떨어져 있는 게 좋다고 생각하거든요."

"지금 같은 경우라뇨?"

데이빗슨 부인은 안경 너머로 힐끗 그를 쳐다보았지만 그의 질문에는 대답하지 않았다.

"하기야 백인끼리의 사이라면 별문제지만요" 하고 그녀는 말을 계속했다.

"그래도 우리집 양반은, 남편이란 자가 눈앞에서 자기 아내가 다른 사람의 가슴에 안겨 있는 걸 그냥 방관한다는 것은 아무래도 그 심리를 이해할 수 없다는 거예요. 그 점에 대해선 저도 똑같이 생각해요. 적어도 전 결혼한 이후로는 춤이라곤 한 번도 춰 본 적이 없어요. 그러나 원주민의 춤이라는 것은 전혀 달라요. 춤 그 자체가 비도덕적일 뿐만 아니라 풍기 문란이 뒤따른다는 것은 뻔한 노릇이거든요. 하지만 우리들은 이 춤을 없앨 수가 있어서 얼마나 하느님께 감사를 드리고 있는지. 거짓부렁이 아니라 우리 고장에서는 8년 동안이나 춤을 추는 사람이 한 명도 없답니다."

바로 그때 배가 항구의 입구에 닿았고, 맥파일 부인도 한 못 끼었다. 배는 재빨리 방향을 돌리더니 느릿느릿 항구에 미끄러져 들어갔다. 그 항구는 능히 한 함대를 삼킬 수 있을 만한, 육지에 둘러싸인 커다란 항만으로서 사방에는 높고 험준한 초록빛 언덕이 연이어 있었다. 항만 입구 가까이의 바다에서 불어오는 미풍을 흠뻑 받으며 총독 관저가 정원에 둘러싸여 있었고, 깃대에는 성조기가 느슨하게 매달려 있었다. 배는 잘 다듬어진 두어 채의 방갈로와 정구장을 지나가더니 이윽고 창고가 늘어서 있는 부두에 닿았다. 데이빗슨 부인은 뱃머리 쪽에서 2, 3백 미터 떨어져서 정박하고 있던 한 척의 스쿠너를 가리키면서 자기들은 그것으로 아피아에 가겠노라고 했다. 섬의 여러 지방에서 모여든 명랑한 원주민들이 떼를 지어 신이 난 듯 떠들어대고 있었다. 그 중에는 호기심에서 온 자도 있었지만, 시드니로 향하는 여행객들과의 물물교환이 목적인 사람도 있었다. 그들은 파인애플, 커다란 바나나 송이, 타파 옷감, 조개껍질이나 상어 이빨 따위를 엮어서 만든 목걸이, 카바 그릇, 전투용 카누 모형 등을 가지고 왔던 것이다. 미끈하게 면도를 한 말쑥한 미국 해군들이 명랑한 얼굴로 그들 사이를 어슬렁거렸고, 관리 비슷한 무리들도 있었다. 자기들의 짐이 내려지는 동안 맥파일 부부와 데이빗슨 부부는 물끄러미 군중을 바라보고 있었다. 맥파일 박사는 대부분의 어린아이와 젊은이들이 요즈 _{매독 비슷한 열대성 전염병} 에 걸려 괴로워하는 것을 보았는데, 그 상처는 문둥병의 궤양潰瘍처럼 보기가 흉했다. 큼직하고 무거운 팔을 하거나 몹시 흉하게 부은 다리를 질질 끌며 걷고 있는 상피병 환자를 처음으로 보았을 때, 그의 직업적 눈빛이 번뜩였다. 남녀 할 것 없이 모두가 라바라바를 걸치고 있었다.

"정말 꼴사나운 옷이에요" 하고 데이빗슨 부인은 말했다. "제 남편께선 법률로 금해야 한다고 말씀하신답니다. 허리 둘레에 단지 붉은 무명 천을 둘렀을 뿐이잖아요. 어떻게 저걸로 품행이 단정해지겠어요, 글쎄."

"그렇지만 이런 기후에는 저것이 안성맞춤일 겁니다."

박사는 이마의 땀을 씻으면서 말했다.

그들이 상륙했을 무렵에는 아직 이른 아침이었으나 그때부터 견디기 어려울 정도로 몹시 무더웠다.

사방이 산으로 빙 둘러싸여 파고파고에는 바람 한 점 들어오지 않았다.

"우리들 섬에서는……" 데이빗슨 부인은 여전히 카랑카랑한 목소리로 계속 말을 이었다.

"저 라바라바란 것은 거의 소멸되었어요. 아직도 노인들 사이에서는 그것을 입고 있는 사람도 없지는 않지만, 그 이상은 없어요. 여자들은 이젠 마더 하버드 _{소매가 길고 헐렁한 여성}

용의류를 입고 남자들도 속옷과 바지를 입게 되었어요. 우리가 섬에 와서 며칠 되지 않을 무렵에 제 남편이 한 보고서에 이런 내용을 쓰신 적이 있어요 — 이 섬들의 주민은 10세 이상의 소년이 빠짐없이 바지를 입게 되기 전에는 완전한 기독교화는 가망 없음 — 이라고요."

데이빗슨 부인이 항구 입구로 흘러오는 짙은 잿빛 구름을 새처럼 두세 차례 쳐다보았다. 그때 빗방울이 떨어지기 시작했다.

"어디서 비를 피하는 게 좋겠어요." 그녀가 말했다.

그들이 많은 사람들과 함께 주름잡힌 양철판으로 지은 큼직한 곳간에 뛰어들자 비는 억수같이 쏟아지기 시작했다. 잠시 그냥 서 있으려니 이윽고 데이빗슨 씨도 끼였다. 여행중 그는 맥파일 부부에 대해서는 한결같이 공손했으나 자기 부인처럼 사교성은 없었고, 대부분은 독서를 하면서 시간을 보내고 있었다. 말이 없는 새침데기인 것처럼 보였다. 그러나 그의 상냥한 점도 자기가 기독교인이라는 의식에서 기를 써가며 그렇게 할 따름이지, 본성은 수줍어하고 침울한 편이라고 생각되었다. 그의 겉모습도 유별나게 보였다. 호리호리하고 말라빠진데다가, 기다란 손발을 흡사 느슨하게 달아 붙인 것 같았다. 움푹 패인 볼, 우스꽝스러울이만큼 불쑥 튀어나온 광대뼈는 싸늘한 시체를 연상시켰는데, 다만 입술만은 몹시 육감적인 것이 도리어 놀랄 지경이었다. 기다랗게 자란 머리털, 깊숙한 눈 속에서 슬픈 듯이 반짝이고 있는 커다란 까만 눈동자, 크고 긴 손가락을 가진 아름다운 손, 그것들은 그의 강인한 성격을 드러내고 있었다. 그러나 그를 보고 첫눈에 느낀 점은 무슨 억압된 불덩어리라는 것이었다. 그것은 강렬한 인상일 뿐만 아니라 막연한 불안마저 느끼게 했다. 하여간 쉽게 친해질 수 있는 작자가 아니었다.

그가 반갑지도 않은 소식을 가지고 왔다. 육지의 카나카 사람들에게는 심각하고 때로는 치명적인 홍역이 유행하고 있다는 소식이었다. 여행길의 승객들을 데리고 온 선원들 사이에서 발병했다는 것이다. 환자는 즉시 상륙시켜 검역소의 병원에 입원시켰지만, 아피아로부터의 전보는 그 밖의 선원 가운데 감염 환자가 없다고 확인될 때까지는 스쿠너의 입항을 허가하지 않겠다는 내용이었다.

"우리는 적어도 열흘 동안은 여기 있어야 한다는 말이군요."

"그렇지만 아피아에서는 제가 오기를 학수고대하고 있는데요." 맥파일 박사가 말했다.

"그건 어쩔 수 없지요. 하긴 더 이상 배에서 환자가 발생하지 않는다면야 스쿠너를 댈 수도 있겠지요. 백인만을 태우고 말입니다. 원주민의 교통은 석 달 동안 절대 금지예요."

"이곳에 호텔은 없나요?" 하고 맥파일 부인이 물었다.

데이빗슨 씨는 나직이 코웃음을 쳤다.

"없답니다."

"그럼 어떻게 해야 하나요?"

"총독과도 이야기하고 왔습니다. 이 바깥 거리에는 셋방을 갖고 있는 상인들의 집이 쭉 있대요. 그래서 제 생각입니다만, 하여튼 비가 그치면 곧장 그곳으로 가서 그 다음 대책을 강구하는 게 좋겠습니다. 뭐 신통할 곳이 있겠습니까만 어쨌든 침대가 있고 지붕이 있으면 고맙게 여겨야죠."

그러나 비는 그칠 기색이 전혀 보이지 않았다. 마침내 그들은 우산을 쓰고 방수 코트를 걸치고 떠났다. 동네라고 부를 만한 곳이 못 되었다. 관청 관계의 건물이 한 덩어리, 점포가 한두 채, 그리고 후면에 야자수와 바나나나무에 둘러싸인 원주민의 집이 두서너 채. 그들이 찾고 있던 집은 부두에서 도보로 5분 가량 걸리는 곳에 있었다. 2층 목조 건물로, 아래층과 위층에는 널따란 베란다가 붙어 있었고 지붕은 주름잡힌 양철판으로 되어 있었다. 집주인은 '혼'이란 혼혈인이었는데, 그 원주민의 아내 주위를 갈색 피부의 어린아이들이 빙 둘러싸고 있었다. 아래층은 가게였는데 통조림이며 무명류가 진열되어 있었다. 안내된 방에는 가구라곤 하나도 찾아볼 수가 없었다. 맥파일 부부 쪽은 닳아 빠진 초라한 침대가 하나, 낡은 모기장, 부서질 듯한 의자 그리고 세면대뿐이었다. 그들은 어안이 벙벙하여 둘러보았다. 비는 그칠 줄 모르고 퍼붓고 있었다.

"꼭 필요한 것만 꺼내 두기로 하겠어요" 하고 맥파일 부인이 말했다.

그녀가 여행용 가방을 열고 있는데, 데이빗슨 부인이 들어왔다. 그녀는 매우 쾌활하고 빈틈이 없었다. 쓸쓸한 환경에도 그녀는 전혀 아랑곳하지 않았다.

"제 말대로 하세요. 바늘을 갖고 와서 당장 모기장을 고쳐야 해요. 그러지 않으면 오늘 밤 한숨도 못 주무실 거예요."

"그렇게 지독한가요?" 하고 맥파일 박사가 물었다.

"지금이 한창인 걸요. 아피아 관사의 파티에라도 한 번 초대받아 보세요. 모든 여인들은 죄다 베갯잇을 받는데요, 즉 그걸로 그들의 아랫도리를 몽땅 감싸야 하거든요."

"아아, 잠시나마 그쳐 주었으면……날씨가 맑아야 여길 편하게 꾸밀 마음이 내킬 텐데요" 하고 맥파일 부인이 말하자, 그녀는 맥파일 박사로부터 시선을 옮겨 그의 부인을 바라보며 말했다.

"그런 걸 기다리시면 한이 없어요. 파고파고는 태평양에서도 아마 제일 비가 많은 곳일 거예요. 저것 보세요, 산이나 저 만灣이 모두 물을 끌어당긴다나요. 하여튼 일 년 중에 바로 지금이 그 장마철이에요."

이건 또 마치 지옥에 떨어진 영혼처럼 방을 이리저리 왔다갔다하면서 데이빗슨 부인은 못마땅하다는 듯이 입술을 삐죽거렸다. '무엇보다도 이 두 사람부터 어떻게 해야겠다.' 이러한 무기력한 인간을 본다는 것은 그녀에게는 갑갑해서 견딜 수가 없었다. 모조리 자기 마음대로 차곡차곡 정돈하고 싶어서 손이 근질근질했다.

"어서 바늘과 무명 천을 내게 주세요. 짐을 풀고 계실 동안 제가 당신들의 모기장을 꿰매 드릴게요. 저녁은 같이 합시다. 그리고 맥파일 선생, 부두에 가셔서 댁의 그 무거운 짐짝을 비가 맞지 않을 적당한 곳으로 옮겨 놓게 하세요. 상대가 원주민이잖아요. 비에 흠뻑 젖든 말든 전혀 아랑곳하지 않고 내버려 둔답니다."

맥파일 박사는 다시 방수 코트를 입고 아래층으로 내려갔다. 문간에 혼이 서서 그들이 타고 온 배의 조타수操舵手와 그리고 또 한 사람, 박사 자신도 배에서 몇 차례 본 기억이 있는 2등 선객의 여인과 이야기하고 있었다. 그 조타수는 꾀죄죄하고 시들시들한 조그만 사나이였는데, 박사가 지나가려니까 인사를 하면서 말을 걸었다.

"선생님, 홍역이 돌아서 안됐습니다. 숙소는 마련되셨다죠?"

맥파일 박사는 상대방이 지나치게 친절한 것처럼 여겨졌다. 그러나 수줍은 그는 좀처럼 화를 내는 일이 없었다.

"그렇습니다. 이 집 2층에 방이 있어서요."

"이 톰슨 양도 댁들과 같이 아피아에 가는 길이라서 이곳으로 모시고 왔는데요."

조타수는 엄지손가락으로 자기 옆에 서 있던 여인을 가리켰다. 나이는 아마 스물일곱쯤 되었을까, 토실토실 살이 찐, 일종의 음탕스런 아름다움이 있었다. 새하얀 드레스에다 희고 큰 모자를 쓰고 있었다. 하얀 무명의 긴 양말에 감싸인 불룩한 종아리가 윤이 나는 흰 부츠 위로 튀어나와 있었다.

맥파일을 보더니 그녀는 생긋 애교를 부리며 웃었다.

"이 사람은 저런 누추한 방을 가지고 하루 1달러 반짜리라잖아요" 하고 그녀는 목쉰 소리로 말했다.

"이봐, 죠. 내 친군데 말야 1달러 이상은 도저히 못 내겠다는 거야. 받아들여 주게나 그걸로" 하고 조타수가 말했다.

상인은 뚱뚱하고 유들유들한 사나이였는데, 잠자코 싱글 벙글 웃고만 있었다.

 "스완, 자네가 그러니 한번 고려해 보겠네. 혼 부인에게 말해 봐서 에누리가 되면 그렇게 하지 뭐."

 "그런 속임수에 넘어갈 것 같아요? 당장 결판 내세요. 방세는 하루 1달러라고. 그 이상은 단돈 한 푼 안낼 테니까요" 하고 톰슨 양은 말했다.

 맥파일 박사는 피식 웃었다. 톰슨 양의 능숙한 흥정에 감탄한 것이었다. 이를테면 그는 부르는 값에 두말 없이 돈을 치르는, 그리고 깎느니보다는 오히려 바가지를 쓰는 편이 낫다고 생각하는 그런 사람이었다. 상인은 "휴우" 하고 한숨을 쉬었다.

 "스완 씨의 말씀이라 하는 수 없군."

 "그러셔야지요" 하고 톰슨 양은 말을 계속했다.

 "자 들어와서 위스키 한 잔 하시지 않겠어요? 스완 씨, 그 손가방 좀 가져다 주세요. 호밀로 만든 진짜 위스키가 들어 있어요. 선생님도 같이 오시죠."

 "아닙니다. 정말 고마워요." 맥파일 박사가 대답했다.

 "짐짝이 어떻게 되어 있나 가 보는 길이라서."

 그는 빗속으로 발길을 돌렸다. 비는 항구의 입구 쪽에서 억수로 쏟아지고 있어서 건너편 해변은 완전히 흐릿하여 아무것도 보이지 않았다. 라바라바 외에는 무엇 하나 걸치지 않은 원주민 두셋이 커다란 우산을 쓰고 지나갔다. 몸을 꼿꼿이 편 채 의젓하고 한가롭게 걸어갔는데, 서로 지나칠 때에는 미소를 지으며 알아듣지 못할 말로 박사에게 인사를 하였다.

그가 돌아왔을 때에는 저녁 식사가 시작될 무렵이어서 객실에는 이미 음식이 차려져 있었다. 그러나 그 객실은 사람이 살기 위하여 만든 것이라기보다는 과시하기 위해서 만들어진 방이었기 때문에, 곰팡이 냄새가 코를 찌르고 침울한 공기가 방 안에 감돌고 있었다. 주위의 벽에는 무늬를 찍어 넣은 플러시 천이 산뜻하게 둘러져 있었다. 파리를 막기 위해 노란 직물織物을 바른 천장 한복판에는 금빛 샹들리에가 매달려 있었다. 데이빗슨 씨는 보이지 않았다.

"총독을 찾아가셨어요. 붙잡는 바람에 식사를 같이 하시는 것이겠지요." 데이빗슨 부인은 말했다.

조그마한 원주민 딸이 햄버거 스테이크를 날라 왔다. 그리고 잠시 후에 주인은 손님들이 흡족해하는지 어떤지를 살피러 들어왔다.

"주인 양반, 동숙인同宿人이 한 분 생긴 것 같더군요" 하고 맥파일 박사가 말을 걸었다.

"그녀는 방만 빌리는 겁니다. 자취를 한대요." 그는 아첨

이나 하듯이 두 부인 쪽을 보았다.

"여러분께 방해가 되지 않도록 아래층 방에 들게 했어요. 폐를 끼칠 염려는 없을 겁니다."

"역시 그 배로 오신 분인가요?" 하고 맥파일 부인이 물었다.

"그렇습니다, 부인. 2등 선객이에요. 아파아에 간다나요. 출납계의 취직 자리가 기다리고 있대요."

"그래요?"

주인이 나가자 맥파일 박사가 입을 열었다.

"자기 방에서 식사를 한다는 건 재미 없을 텐데."

"하지만 2등 선객이라잖아요. 그 편이 차라리 맘이 편할 테지요. 대관절 누굴까?" 데이빗슨 부인이 궁금해했다.

"제가 마침 거기 있었는데요, 조타수가 그녀를 데리고 왔어요. 톰슨이라고 하던데요."

"그럼, 엊저녁 그 조타수와 춤춘 그 여자 아니예요?" 하고 데이빗슨 부인이 물었다.

"맞아요, 틀림없어요. 전 그때부터 이 여잔 도대체 어떠한 삶일까 하고 생각했어요. 제겐 좀 방탕한 여자처럼 보였어요." 맥파일 부인이 맞장구를 쳤다.

"하여튼 절대로 단정한 여자는 아니예요" 하고 데이빗슨 부인이 말했다.

이야기는 다른 것으로 옮겨 갔다. 그들은 일찍 일어나 피곤한 탓으로 식사가 끝나자마자 헤어져 곧 잠자리에 들었다. 잠을 깨어 보니 하늘은 아직도 잿빛이었고 구름도 낮게 드리워져 있었지만 비는 오고 있지 않았다. 그들은 미국 사람이 해안을 따라 닦아 놓은 대로를 따라 산책을 즐겼다.

 돌아와 보니 데이빗슨 씨가 막 들어온 모양이었다.

 "2주일은 있어야겠는걸" 하고 그는 투덜거렸다.

 "총독과 많은 의견을 나누어 봤지만 하는 수 없다는 거야."

 "우리집 양반은 빨리 일자리로 돌아가고 싶어서 그런답니다." 그의 아내는 걱정스레 힐끔 그의 얼굴을 쳐다보았다.

 "1년은 떠나 있었으니까요."

 그는 베란다를 오르락내리락하면서 말을 이었다.

 "전도 사업은 온통 원주민 선교사에게 떠맡기고 왔지만, 오죽이나 되는 대로 해 넘기랴 싶어 여간 맘에 걸리지 않는답니다. 하기야 모두 좋은 분들이긴 하지만요. 물론 전 그들을 비난하는 건 아닙니다. 모두 하느님을 두려워하는, 경건하고 진실한 기독교인이지요. 그들의 믿음은 오히려 본국의 소위 자칭 기독교인들의 얼굴을 붉히게 할 정도입니다. 하지만 가엾게도 끈기가 없어요. 한 번 아니 두 번까지는 버티어 내지만 끝까지 버티어 나가지는 못하거든요. 가령 전도 사업을 원주민 선교사에게 일임한다고 합시다.

비 141

그가 아무리 믿음성 있는 사람처럼 보여도 결국은 여러 가지 폐단이 일어나고야 말 것입니다."

데이빗슨 씨는 꼼짝도 하지 않고 서 있었다. 홀쭉하니 큰 키, 삐쩍 마른 체구, 핏기 없는 얼굴에서 반짝이는 큼직한 눈, 한 번 보면 잊을 수 없는 그런 모습이었다. 그의 제스처에도 그리고 깊고 쩡쩡 울리는 음성에도 그의 진실성은 뚜렷하게 나타나 있었다.

"저는 제게 적당한 일이 맡겨지기를 기다리고 있어요. 일하지요, 전 신바람이 나서 일할 것입니다. 만약 나무가 썩으면, 그것은 잘려져 불 속에 던져질 것입니다."

저녁식사에 마지막으로 하이 티 고기의 일품 요리가 따르는 저녁때의 차를 마시자 그들은 쓸쓸한 객실에 모여 앉아 부인들은 자기 일을 시작하였고 맥파일 박사는 담배를 피우고 있었다. 그러자 데이빗슨 씨가 자기 섬에서의 전도 사업에 대하여 이야기를 꺼냈다.

"우리가 그곳에 갔을 때에는 그들에겐 죄 의식이란 전혀 없었으니까요. 계명戒命따윈 하나하나 모조리 범하고 있으면서도 나쁜 짓을 하고 있다고는 꿈에도 생각지 않는 겁니다. 역시 저의 일 중에서도 이 점이 가장 힘든 일이었을 겁니다. 즉 원주민들에게 죄 의식을 불어넣어 준다는 것이 말입니다."

데이빗슨 씨가 그의 부인을 만나기 전에 이미 5년 동안이나 솔로몬 군도群島에서 일하고 있었다는 사실을, 맥파일 부부는 이미 알고 있었다. 부인은 중국에서 선교사로 활동을 하고 있었는데, 두 사람은 보스톤에서 알게 되었다. 두 사람 다 휴가중에 전도회의에 출석하기 위하여 왔던 것이다. 그들은 결혼하자마자 함께 이 군도에 임명되어 그 이후로 한결같이 전도에 종사해 왔던 것이다.

그들이 데이빗슨 씨의 이야기를 듣고 있는 도중에 분명히 느낀 것 중의 하나는, 이 사람의 굽힐 줄 모르는 용기였다. 그는 선교사 겸 의사여서 여기저기 여러 섬으로 불려 다니는 일이 흔히 있었다. 장마철의 거친 태평양에서는 고래잡이 배까지도 그다지 안전한 것이 못 된다. 그러나 그는 흔히 카누로 그곳을 방문하였는데, 그럴 때에는 여간 위험한 것이 아니었다. 질병이나 부상에 대해 그는 결코 주저하지 않았다. 죽을 힘을 다하여 배에 고여 드는 물을 퍼내면서 밤을 꼬박 샌 적도 많았다. 데이빗슨 부인이 이번에야말로 사고가 난 거라고 생각한 적도 한두 번이 아니었다.

"저로서는 이젠 가지 않으셨으면, 그렇지 않으면 적어도 날씨가 좋아질 때까지 기다려 주셨으면 하고 원하는 때가 흔히 있었지요. 그렇지만 막무가내였어요. 남편은 워낙 고집쟁이라 한 번 마음먹었다 하면 요지부동이거든요."

"그러나 내가 벌벌 떨고서야 어떻게 원주민들에게 하느님을 믿으라고 할 수 있겠어?" 데이빗슨 씨가 버럭 소리를 질렀다.

"난 두려워하지 않아요, 절대로. 딱한 일이 생겨 저를 맞이하러 사람을 보내오면, 사람이 할 수 있는 일이라면 제가 반드시 가 준다는 걸 원주민들은 잘 알고 있습니다. 하느님의 용무를 다하는데 하느님께서 저를 버리신다고 생각하시나요? 바람이 부는 것도 하느님의 명령이요, 파도가 거세게 이는 것도 하느님의 말씀에 따르는 거랍니다."

맥파일 박사는 겁이 많은 사람이었다. 참호 위를 나는 포탄 소리에 좀처럼 익숙해질 수가 없었다. 전선의 응급치료소에서 수술을 하고 있을 경우에, 바르르 떨리는 손을 억제하려 하면 할수록 이마에서 진땀이 흘러내려 안경을 흐리게 하는 것이었다. 데이빗슨 선교사의 얼굴을 보고 있으려니까 온몸이 부들부들 떨리는 것을 느꼈다.

"저도 두려워한 적이 없다고 내세울 수 있으면 하는데요" 하고 그는 말했다.

그랬더니 데이빗슨 선교사가 대꾸했다.

"그것보다도 하느님을 믿겠다고 당신께서 말씀해 주시면 좋겠는데요, 저는."

그러나 어찌된 영문인지, 그날 밤 데이빗슨 씨의 생각은 그들 부부가 처음으로 섬에 왔을 무렵의 회상으로 되돌아가는 것이었다.

"간혹 아내와 저는 얼굴을 마주 보며 눈물을 줄줄 흘리곤 했답니다. 우리는 밤낮을 가리지 않고 쉴새없이 일을 했지만 전혀 효과가 없는 것처럼 보였어요. 그때 아내가 없었더라면 저는 어떻게 되었을까요? 맥이 탁 풀려 절망에 빠질 뻔했을 때, 항상 용기와 희망을 준 것은 아내였습니다."

데이빗슨 부인은 시선을 떨어뜨려 손의 편물을 보았다. 엷은 색조色調가 그녀의 여윈 뺨에 살짝 피어올랐다. 손이 파르르 떨리고 있었지만 뭐라고 말해야 좋을지 모르는 것 같았다.

"도와 주는 사람이라곤 아무도 없고, 우리 둘뿐이었어요. 동포들로부터 수천 마일 떨어지고 주위에는 암흑밖에 없었습니다. 제가 기진맥진할 때마다 항상 아내는 일을 제쳐 놓고 성경을 읽어 주었지요. 마치 어린이의 눈썹에 졸음이 깃들이게 하듯이. 그러면 제 마음에 겨우 평화가 찾아오는 것이었어요. 그러면 아내는 조용히 성경을 접고 이렇게 이르는 겁니다. '저 사람들을 우리가 꼭 구원해 줍시다'라고. 그래서 저는 주 안에서 용기가 솟구쳐 이렇게 대답해 주었지요. '그럼요. 하느님의 도움을 얻어 그들을 구원하는 것은 당연한 것이지요'라고."

그는 테이블로 다가가서 그것이 마치 교회의 낭독대朗讀臺인 양 그 앞에 엄숙하게 섰다.

"아시겠어요? 그들은 태어나면서부터 타락하고 있는 겁니다. 그러니 아무리 깨우쳐도 자기의 죄악을 모른단 말입니다. 그들에겐 자연스럽게 보이는 행동을 죄악이라고 깨우쳐 주어야만 했습니다. 간통을 저지르고, 거짓말을 하고, 도둑질을 하는 것뿐만 아니라 육체를 노출시키는 것도, 춤을 추고 교회에 나오지 않는 것도 모두 죄악이라는 걸 가르쳐 주지 않으면 안 되었어요. 처녀가 가슴을 드러내 보이거나 남자가 바지를 입지 않는 것도 모두 죄악이라고 저는 가르쳐 주었지요."

"어떻게요?" 맥파일 박사는 다소 놀란 기색으로 물었다.

"벌금을 정했지요. 두말할 필요 없이 자신의 행동이 죄악이라는 걸 깨닫게 하는 유일한 방법은, 그걸 저지른 직후에 즉각적으로 형벌을 내리는 일입니다. 그래서 저는 교회에 나오지 않아도 벌금, 춤을 추어도 벌금, 음란한 옷차림을 해도 벌금, 이렇게 규정을 했었지요. 벌금 액수를 표로 작성해 두고 죄악은 일일이 돈이 아니면 노동으로 반드시 치르게 했어요. 그렇게 해서 마침내 그들에게 죄악을 이해시킬 수 있게 되었어요."

"그러나 벌금을 물지 않겠다고 버티는 사람은 없었나

요?"

"감히 그렇게 할 수 있을 것 같아요?" 하고 데이빗슨 씨가 반문했다.

그랬더니 옆에서 "남편에게 반기를 들다니요. 그런 용기가 있는 자는 없었어요"라고 말하면서, 데이빗슨 부인은 입술을 꼭 깨물었다.

맥파일 박사는 근심에 찬 눈으로 데이빗슨 씨를 바라보았다. 그의 이야기는 어지간히 그에게 충격을 주었지만, 그렇다고 해서 정면으로 반대하는 것도 주저하였다.

"그리고 최후 수단으론 말이죠, 교회로부터 추방할 수도 있거든요."

"그들이 그걸 꺼려 했나요?"

데이빗슨 씨는 피식 웃으며 조용히 두 손을 비벼대고 있었다.

"그거야 코프라를 팔지도 못하게 될거고, 또 고기가 잡혀도 몫을 배당받지도 못할 테니까요. 말하자면 굶어 죽는 거나 마찬가지지요. 물론 무척 꺼려 하지요."

"프렛 올슨에 관한 이야기 좀 해드리세요" 하고 데이빗슨 부인이 끼여들었다.

데이빗슨 씨는 이글거리는 시선을 맥파일 박사에게 고정시키고 있었다.

"프렛 올슨이란 자는 오래 전부터 섬에서 살아왔던 덴마크인 장사치랍니다. 장사치로서는 꽤 돈도 벌었지요. 우리가 온 것이 이 작자에게는 그다지 반갑지가 않았어요. 자기 마음대로 살아 왔던 사람이니까요. 코프라 같은 것도 원주민에게서 헐값으로 사는가 하면, 그것도 물건이나 위스키로 치러 주었어요. 그는 원주민 여자를 아내로 삼고 있었는데, 행실은 눈에 띄게 방탕했고 또 주정뱅이였습니다. 저도 한 번 회개할 기회를 주었지만, 들을 생각도 하지 않고 오히려 저를 조롱하기까지 했답니다."

이 마지막 말을 할 때 그의 목소리는 저력 있는 저음이었고, 1, 2분 가량 잠자코 있었다. 답답하지만 위협적인 침묵이었다.

"그러던 그가 2년도 채 못 되어 파산해 버렸어요. 25년이나 공들여서 모은 것을 깡그리 잃었지요. 제가 이긴 겁니다. 마침내 그는 거지꼴을 한 채 제게 와서 시드니까지만 보내 달라고 애원했어요."

"아휴, 그 사람이 찾아왔을 때의 몰골을 보여드리고 싶어요" 하고 데이빗슨 부인은 말을 계속했다.

"통통하게 살이 찌고 음성이 굵직한, 그리고 볼품이 있는 굳건한 사람이었어요. 그것이 글쎄 절반으로 움츠러들어 부르르 떨고 있지 않겠어요. 마치 별안간 노인이나 된 것처럼 말이죠."

 데이빗슨 씨의 눈은 바깥 어둠 속을 노려보고 있었다. 다시 비가 내리고 있었다. 갑자기 아래층에서 소리가 들려 왔다. 데이빗슨 씨는 홱 돌아서더니 의아한 눈초리로 아내의 얼굴을 바라보았다. 그것은 축음기 소리였다. 거칠고 시끄러운, 절분음切分音이 많은 재즈곡이 숨가쁘게 흘러나오는 것이었다.

"뭐요, 저건?" 하고 그가 물었다.

 데이빗슨 부인은 안경을 단단히 고쳐 쓰고 "2등 선객 한 분이 방을 빌었다는데 아마 거기서 나는 소릴 거예요" 하고 말했다.

 그들은 잠자코 귀를 기울이고 있었다.

 이윽고 춤을 추는 소리가 들려 왔다. 음악이 그치더니 이번에는 코르크 마개를 뽑는 소리와 활기 넘치는 말소리가 들려 왔다.

"그 여자가 배船의 친구들과 송별회라도 열고 있는 게로군" 하고 맥파일 박사는 말했다.

"열두 시에 배가 떠난다지요, 그렇지요?"

 데이빗슨 씨는 아무 말 없이 자기 시계를 들여다보았다.

"자, 이제 그만 하지" 하고 그는 아내에게 요청했다.

"네, 됐어요." 그녀는 일어나서 일감을 치웠다.

"아직은 이르지 않아요, 주무시긴?" 하고 맥파일 박사가 말했다.

"우리는 아직도 읽을 게 너무 많거든요" 하고 데이빗슨 부인이 설명했다.

"우린 어딜 가든지 매일 밤 잠자기 전에 성경을 한 장 후씩 읽기로 하고 있거든요. 그리고 주석서를 충분히 연구하고 나서 둘이서 철저하게 토론을 한답니다. 수양을 위해서도 훌륭한 훈련이 되거든요."

두 쌍의 부부는 작별 인사를 하고 헤어졌다. 남은 것은 맥파일 부부였으나, 두 사람 다 2, 3분 가량 말을 꺼내지 않았다.

"카드라도 가지고 올까?" 하고 맥파일 박사가 드디어 입을 열었다.

맥파일 부인은 '글쎄요' 하는 표정으로 그의 얼굴을 쳐다보고 있었다. 데이빗슨 부부와의 대화가 어쩐지 그녀를 좀 불안하게 만들고 있었던 것이다. 그러나 '카드놀이는 하지 않는 게 좋아요. 언제 그들이 들어올지 모르니까요'라고까지는 말하고 싶지 않았다. 맥파일 박사가 일어나서 가져왔다. 그리고 그가 혼자서 카드놀이를 하고 있는 것을, 그녀는 막연히 죄 의식을 느끼면서 바라보고 있었다.

아래층에서는 떠들썩한 소리가 여전히 계속되고 있었다.

이튿날은 맑게 개어 있었다. 파고파고에서 이렇게 빈둥빈둥 2주일이나 보내야 된다고 생각하니 아찔했다. 맥파일 부부는 어쨌든 시간을 유효적절하게 활용하기로 하였다. 그들은 부두로 내려가서, 짐짝 속에서 책을 몇 권 꺼내 왔다. 맥파일 박사는 해군 병원의 주임 군의관을 방문하여 그와 함께 병상을 돌아보기도 했다. 총독 관저에 들러 명함을 놓고 오는 도중에 그들은 톰슨 양을 만났다. 맥파일 박사가 모자를 벗어 인사를 하였더니, 그 여인도 크고 쾌활한 목소리로 "안녕하세요, 선생님" 하고 반갑게 인사를 했다. 어제처럼 흰 드레스를 입고 있었다. 굽이 높은 반짝이는 흰 부츠, 그 위에 불룩 튀어 나온 통통한 종아리, 그러한 모습이 이런 이국적인 풍경 속에서 유난히 야릇하게 보였다.

"그리 점잖은 옷은 아닌 것 같은데요" 하고 맥파일 부인은 말했다.

"너무 야하게 보이는 걸요."

돌아와 보니, 그녀는 베란다에서 주인집 아이와 놀고 있었다.

"뭐라고 말을 걸어 봐요" 하고 맥파일 박사가 아내에게 소곤거렸다.

"정말 외로울 텐데, 상대를 안 해 준다는 건 불쌍하잖아요."

맥파일 부인은 수줍은 생각이 들었지만, 그녀는 남편이 시키는 일이라면 무엇이든 항상 하는 여인이었다. 그녀는 "우린 숙소를 함께 하고 있답니다" 하고 어지간히 어리석게도 말하고 말았다.

"지긋지긋해요. 이런 하찮은 동네에 갇혀 있다니 말이나 됩니까?" 하고 톰슨 양은 말했다.

"하지만 저는 또 운이 좋은 편이라나요, 방을 얻었으니까요. 원주민 집에 있게 된다면 생각만 해도 끔찍해요. 그러나 어쩔 수 없이 그렇게 된 이도 있대요. 왜 호텔을 하나쯤 만들지 않는지 모르겠어요."

그들은 두어 마디를 더 주고받았다. 톰슨 양은 큰 소리로 수다를 떨면서 잡담이라면 얼마든지 자신 있다는 눈치였다. 그러나 맥파일 부인은 이야깃거리가 딸려서 하는 수 없이 말했다.

"그럼, 우린 또 2층에 볼일이 있어서."

저녁에 그들이 하이 티를 마시고 있을 때 데이빗슨 씨가 들어오자마자 말했다.

"저 망할 계집이 선원을 두 사람이나 끌어들여 방 안에 함께 있군 그래. 어떻게 사귀었을까, 도대체?"

"그런 게 뭐 그 여자에게 문젠가요?" 하고 데이빗슨 부인이 대꾸했다.

빈둥빈둥 목적도 없이 하루를 보낸 뒤라서 모두가 어쩐지 노곤했다.

"이 모양으로 2 주일이나 계속된다면 마지막엔 우린 어떻게 될까요?" 하고 맥파일 박사가 말했다.

데이빗슨 씨가 대답했다.

"유일한 방법은 하루의 시간을 여러 가지 활동에 배분하는 것, 그저 그것뿐이죠. 저라면 어떤 시간은 공부, 또 어떤 시간은 운동, 물론 비가 오든 해가 나든 상관없이 말입니다 ─ 장마철에 비 따위에 신경을 쓰고 있을 수는 없으니까요 ─ 그리고 또 다른 시간은 오락, 이런 식으로 할당하겠는데요."

맥파일 박사는 불안스럽게 상대방의 얼굴을 쳐다보았다. 데이빗슨 씨의 일과에는 웬지 자신을 압박하는 것 같은 느낌이 들었다. 그들은 또 햄버거 스테이크를 먹고 있었다. 요리사는 이 요리 외에는 아는 게 없는 듯했다. 그때 아래층에서 또 축음기 소리가 시작되었다. 데이빗슨 씨는 그것을 듣자 신경에 거슬리는 듯 흠칫했지만, 이번에는 아무런 말도 하지 않았다. 조금 있자 사나이들의 목소리가 들려 왔다. 그들이 합창하고 있는 노래는 누구나 다 잘 아는 노래였는데, 이윽고 그녀의 목쉰 고성도 함께 들려 왔다. 고함과 웃음이 한데 어우러진 대소동이었다. 2층의 네 사람은 이야기를 계속하려고 생각하면서도 자신도 모르게 술잔 부딪치는 소리, 삐그덕거리는 의자 소리에 귀를 기울이고 있었던 것이다.

사람 수가 더 많아진 것이 분명했다. 톰슨 양이 파티를 열고 있는 게 틀림없었다.

"아휴, 어떻게 저런 사람들을 끌어들일 수 있을까?"

데이빗슨 선교사와 맥파일 박사가 무슨 의학상의 이야기를 하고 있는 사이에 갑자기 맥파일 부인이 말을 가로막았다. 그녀가 무슨 생각을 하고 있었는지 이것만으로도 분명히 알 수가 있었다.

이따금 데이빗슨 씨의 얼굴이 경련을 일으키듯이 일그러지는 것은, 그가 과학 이야기를 하면서도 마음은 분주히 같은 방향으로 달리고 있다는 것을 나타내는 것이었다. 그리고 맥파일 박사가 플랑드르 전선에서의 경험을 띄엄띄엄 늘어놓고 있을 때, 별안간 그는 벌떡 일어나서 무엇이라고 외쳤다.

"여보, 왜 그러세요?" 데이빗슨 부인이 물었다.

"그게 틀림없어! 좀처럼 생각나지 않더니. 맞아, 이웰레이의 계집이야."

"설마 그럴 리가."

"저 계집은 호놀룰루에서 탔지, 틀림없어. 여기까지 와서

장사를 하다니, 이런 데서 말야." 그는 마지막 한마디를 벌컥 화를 내면서 고함을 지르듯이 내뱉었다.

"이웰레이가 뭐예요?" 하고 맥파일 부인이 물었다.

그는 잔뜩 찌푸린 눈을 그녀에게 돌리더니, 공포에 떨리는 목소리로 말했다.

"호놀룰루의 암적인 존재예요. 유흥가거든요. 우리 문명의 오점이었습니다."

이웰레이는 호놀룰루 교외에 있었다. 항구에 연한 어두컴컴한 뒷골목을 몇 개 지나 흔들리는 다리를 건너면 바퀴 자국과 구멍투성이인 한적한 길에 이르게 되는데, 거기를 지나가면 불쑥 환한 곳이 나오게 된다. 그 길 양편에는 자동차 주차장이 있고, 밝고 번지르르한 술집이 즐비하게 있었다. 어느 집에서나 자동 피아노 소리가 시끄럽게 들렸다. 그 주위에는 이발소도 있고 담배 장사도 있었다. 분위기가 온통 들떠 있었고 화려했다. 한길에서 좌우로 좁다란 골목길에 들어서면 — 한길이 이웰레이를 두 동강 내고 있는 것이다 — 그곳이 중심이다. 산뜻하게 초록색으로 칠한 조그마한 방갈로가 즐비하게 늘어서 있고 그 사이에는 넓고 똑바른 길이 있는데, 흡사 전원 도시와 같은 구조로 설계되어 있었다. 일정한 형식으로 획일화된 맵시가 오히려 일종의 조롱하는 듯한 전율을 자아내게 했다. 사랑의 엽기獵奇가 이토록 조직화되고 질서화된 적은 일찍이 없었기 때문이다. 골목길에는 띄엄띄엄 가로등이 서 있었지만, 만약 방갈로의 열려진 창에서 새어 나오는 불빛이 없었다면 매우 어두운 거리였을 것이다. 남자들은, 창가에 앉아서 책을 읽거나 뜨개질을 하면서 대개는 지나가는 사람들을 거들떠 보지도 않는 여인들을 쳐다보면서 이리저리 헤매고 다녔다. 그 여인들과 마찬가지로 그들은 온갖 국적의 사나이들이었다. 미국 사람도 있었고, 항구에 정박한 배에서 상륙한 선원, 거나하게 취한 포함砲艦의 해군, 주둔군의 백인 군인이나 흑인 군인도 있었다. 두셋이 어울려서 걸어가는 일본 사람도 보였다. 하와이 사람, 기다란 옷을 걸친 중국 사람도 있었고, 우스꽝스러운 모자를 쓴 필리핀 사람도 눈에 띄었는데, 그들은 누구나 묵묵히 마치 무엇인가에 억눌린 듯한 모습이었다. 서글픈 정욕.

"그건 태평양상의 해괴망칙한 일대 모욕이었습니다" 하고 데이빗슨 씨는 절규하듯이 부르짖었다.

"선교사들이 맹렬히 공격을 가한 지 벌써 몇 해가 되었어요. 그래서 마침내 지방 신문이 들고 일어섰습니다. 그래도 아직 경찰은 움직일 생각도 하지 않아요. 그들이 뭐라고 하는지 아십니까? 악습이 불가피하다면 제일 좋은 방법은 그걸 일정한 곳에 집결시켜 단속한다는 겁니다. 사실인즉 그

놈들은 뇌물을 받은 거예요. 돈을 받아 먹었단 말입니다. 술집 주인들에게서, 깡패들에게서, 아니 그 계집들에게서까지 돈을 받아 먹었거든요. 그러나 끝내는 그들도 움직이지 않을 수는 없었지요."

"저도 읽었어요, 호놀룰루에서 산 신문에서" 하고 맥파일 박사가 말했다.

"그렇습니다. 우리가 도착한 바로 그날, 이웰레이는 그 죄악의 치욕과 더불어 영영 사라진 것입니다. 주민들은 모두 처벌을 받았지요. 그런데 저 계집이 어떤 사람이라는 걸 왜 당장 알아보지 못했는지 도무지 이해할 수가 없는걸."

"그 말씀을 듣고 보니 저 여자가 배가 떠나기 몇 분 전에야 허겁지겁 올라타는 걸 보았어요. 그때에는 어지간히 아슬아슬한 짓을 한다고 생각했던 것을 기억하고 있습니다." 맥파일 부인이 말했다.

"어쩌면 뻔뻔스럽게도 여기까지 굴러 왔을까!" 데이빗슨 씨는 분노에 찬 음성으로 외쳤다.

"절대로 용서할 수 없어요."

그는 뚜벅뚜벅 문쪽을 향해 걸어갔다.

"어떻게 하시려고요?" 하고 맥파일 박사가 물었다.

"어떻게 하겠느냐고요? 단연코 못하게 해야죠. 이걸 잠자코 있어요? 마치 이 집을……, 글쎄."

그는 부인들의 귀에 거슬리지 않을 말을 찾고 있는 듯했다. 눈은 빛나고 있었지만 핏기 없는 얼굴이 한층 더 창백해진 것처럼 보였다.

"아래층에는 남자가 서넛이 있는 것 같은데요. 지금 가신다는 건 좀 무모한 짓이 아닐까요?" 맥파일 박사가 말했다.

데이빗슨 선교사는 경멸하는 듯이 그의 얼굴을 힐끗 보더니 아무 말 없이 방을 뛰쳐나가 버렸다.

"당신은 제 남편을 잘 몰라서 그러시는 거예요. 일단 자기의 의무라고 생각하면 일신상의 위험 따위로 물러 앉을 사람이 아니랍니다" 하고 데이빗슨 부인이 말했다.

그래도 그녀는 걱정이 되는지 두 손을 꼭 쥐고 튀어 나온 광대뼈 언저리를 살짝 물들인 채, 아래층의 동정에 귀를 기울이고 있었다. 모두 일제히 귀를 기울였다. 그는 나무 층계를 소란스럽게 뛰어내려가더니 문을 왈칵 열어 젖히는 소리가 났다. 노랫소리는 뚝 그쳤으나 축음기는 여전히 무슨 야비한 노래를 외쳐대고 있었다.

데이빗슨 씨의 음성이 들려 오더니, 이어서 뭔가 무거운 것이 떨어지는 소리와 함께 음악이 멎었다. 축음기를 마룻바닥에 내동댕이친 것 같았다. 그러고 나서 다시 데이빗슨 씨의 음성이 들려 왔는데 말소리는 알아 들을 수가 없었다. 그러더니 톰슨 양의 날카로운 비명 소리, 남자 대여섯 명이 함께 젖 먹던 힘을 다하여 외치기나 하는 듯한 일대 소동이 일었다.

데이빗슨 부인은 가늘게 헐떡거리더니 두 손을 한층 더 꼭 쥐었다. 박사는 불안하게 그녀와 아내의 얼굴을 번갈아 보았다. 그는 내려가고 싶지는 않았지만, 아래층에서 자기를 기다리고 있는 것이 아닐까 하는 생각이 일었다. 그러자 또 갑자기 맞붙어 싸우기라도 하는 듯한 소리가 났다. 퉁탕거리는 소리가 전보다는 훨씬 뚜렷했다. 데이빗슨 씨를 방 밖으로 내쫓으려 하고 있는지도 모른다. 문이 쾅 하고 닫혔다. 잠시 잠잠하더니, 계단을 올라오는 데이빗슨 씨의 발소리가 들렸다. 그는 자기 방으로 들어갔다.

"잠깐 다녀오겠어요" 하고서 데이빗슨 부인이 일어나서 나갔다.

"제게 볼일이 있으시면 불러 주세요" 하고 맥파일 부인이 일렀다. 그리고 그녀가 나가자 "다친 데라도 없었으면" 하고 중얼거렸다.

"남이야 무슨 지랄을 하든 내버려 두면 되잖아!" 맥파일 박사가 투덜거렸다.

두 사람은 잠깐 동안 잠자코 앉아 있다가 깜짝 놀라고 말았다. 다시 축음기 소리가 들어 보라는 듯이 울리기 시작했고, 거칠고 목쉰 소리가 조롱하는 듯 추잡스러운 가사를 큰 소리로 외쳐대고 있었던 것이다.

 이튿날 데이빗슨 부인은 몹시 창백하고 지쳐 있었다. 골치가 아프다고 했지만, 별안간 나이를 먹은 양 시들시들해 보였다.

 "남편은 어젯밤 한숨도 못 주무셨어요" 라고 그녀는 맥파일 부인에게 말했다. 그는 밤새 극도로 흥분하고 있다가, 다섯 시가 되자 일어나서 어디론지 나갔다는 것이다. 컵의 맥주가 쏟아져 양복에 얼룩이 지고 고약한 냄새가 나서 견딜 수가 없었다고도 했다. 그러나 톰슨 양의 말을 꺼내자, 데이빗슨 부인의 눈빛이 어두워 보였다.

 "반드시 뼈저리게 후회할 날이 있을 거예요, 그분을 모욕하다니" 하고서, 그녀는 "하기야 남편은 놀랄 만큼 다정스러운 분이에요. 고민을 갖고 있는 사람 치고 남편에게 위로를 받지 않는 사람이라곤 하나도 없거든요. 그러나 제 남편은 죄악에 대해서는 절대로 자비를 베풀지 않아요. 정의의 분노가 폭발할 땐 정말 무시무시할 정도예요" 하고 말했다.

 "그래서 그분은 어떻게 하시려는 거죠?" 하고 맥파일 부인이 물었다.

 "글쎄요, 하지만 저는 하늘이 무너져 내려도 저 여인을 감싸주긴 싫어요."

 맥파일 부인은 오싹 소름이 끼쳤다. 이 조그마한 여인의 득의양양하고 자신만만한 태도 속에는 분명히 무서운 그 어떤 것이 있어 보였다.

그날 아침 그들은 함께 외출하기 위해 나란히 층계를 내려왔다. 때마침 톰슨 양의 방문이 열려 있어서, 때묻은 실내복을 걸치고 식탁용 풍로로 무엇인가를 요리하고 있는 그녀의 모습이 눈에 띄었다.

"안녕하세요?" 하고 톰슨 양이 말을 건네 왔다.

"데이빗슨 선생은 오늘 아침 좀 나으셨나요?"

그들은 잠자코 지나갔다. 고개를 치켜들고 흡사 그런 여인은 아예 상대도 하지 않겠다는 듯이. 그러나 그 순간 그녀가 갑자기 조롱하듯 큰 소리로 웃음을 터뜨리자 그들의 얼굴이 확 달아올랐다. 데이빗슨 부인이 홱 돌아섰다.

"말을 삼가세요." 그녀는 고함을 빽 지르면서 말했다.

"실컷 모욕해 봐요, 여기서 쫓아내고 말 테니까."

"어머나, 내가 뭐 데이빗슨 씨와 사귀자고 했던가요?"

"상관하지 마세요" 하고 맥파일 부인이 황급히 소곤거렸다.

그러고 나서 들리지 않을 때까지 그들은 빠르게 걸어갔다.

"아휴, 저렇게 뻔뻔스러울 수가." 데이빗슨 부인이 내뱉듯이 말했다. 울화가 치밀어 가슴이 터질 지경이었다.

돌아오는 길에, 그들은 부두 쪽으로 걸어가는 그녀와 맞닥뜨렸다. 최대한의 정장을 하고 있었다. 하얗고 큰 모자는 천해 보였고, 보이기 위해 옷에 꽂은 꽃은 사람을 모욕하는 것 같았다. 지나가다가 그녀는 신이 나서 말을 걸었다. 그들의 얼굴이 얼음장처럼 차가운 표정이 되자, 가까이에 서 있던 두 미국인 선원이 씩 웃었다. 그들이 집에 다다르자마자 또다시 비가 쏟아지기 시작했다.

"고것의 뽐내던 옷이 다 망가지겠는걸" 하고 데이빗슨 부인이 쓰디쓴 냉소를 띠면서 중얼거렸다.

점심 식사가 반쯤 끝날 무렵에야 데이빗슨 씨가 돌아왔다. 옷이 흠뻑 젖었지만 바꿔 입으려고 하지도 않았다. 침울하게 묵묵히 앉아서 식사도 겨우 한술 떴을 뿐 비스듬히 쏟아지는 빗발만 응시하고 있었다. 데이빗슨 부인이 두 번이나 그녀와 만났다는 이야기를 해도 그는 대답이 없었다. 다만 갈수록 험상궂어지는 표정만이 그가 듣고는 있다는 것을 나타내고 있었다.

"혼 씨에게 말해 이 집에서 내쫓는 게 어떨까요?" 하고 데이빗슨 부인이 말을 이었다.

"저런 여자에게 모욕만 당하고 그냥 있을 수는 없잖아요."

"그러나 달리 갈 데도 없는 것 같던데요" 하고 맥파일 박사가 말했다.

"어느 원주민 집에 머무르면 되잖아요."

"날씨가 이래서 원주민 집은 있기가 좀 거북할 걸요."

"난 몇 해나 살았어요" 하고 데이빗슨 씨가 말했다.

조그마한 원주민 딸이 매일 똑같은 바나나 튀김 스위트 식후에 먹는 단맛의 음식를 갖고 오자, 데이빗슨 씨는 그 아이에게 일렀다.

"톰슨 양에게 가서 언제 만나 볼 수 있느냐고 물어봐 주렴."

그 아이는 수줍은 듯 고개를 끄덕이며 밖으로 나갔다.

"그 여자를 만나 뭘 하시려고요?" 하고 데이빗슨 부인이 말했다.

"내 의무지, 그 여자를 만나는 게. 난 결단을 내리기 전에 하여튼 가능한 한 기회를 주거든."

"아니예요. 그 여자가 어떤 인간인지 아직 모르시는군요. 당신에게 핀잔을 줄 게 뻔해요."

"핀잔을 줘 보라지. 침을 뱉어도 좋아요. 그 여자에게도 불멸의 영혼은 있으니까. 그걸 구원하기 위해 난 힘이 닿는 데까지 해볼 거요."

데이빗슨 씨의 귓가에는 아직도 그 매춘부의 조소가 귓전을 맴돌고 있었다.

"정말 고것이 너무 한다니까요."

"하느님의 은총에 너무 한다는 게 있었나?"

그의 눈은 갑자기 빛을 발하고, 음성은 조용하고 부드러운 기미가 보였다.

"절대로 없어. 비록 지옥의 구렁텅이보다 더 깊은 죄일지라도, 주 예수 그리스도는 사랑의 손을 뻗치시는 거예요."

그때 전갈을 받은 주인집의 조그마한 소녀가 돌아왔다.

"톰슨 양께서 안부를 전하시더군요. 그리고 영업 시간만 아니면 아무 때나 좋으시다고요."

무거운 침묵이 흐르고 있었다. 맥파일 박사는 입가에 피어오르던 미소를 황급히 지워 버렸다. 저 톰슨 양의 뻔뻔스러움이 오히려 재미있다고나 하면 아내가 화를 낼 것이 뻔했기 때문이다.

그는 잠자코 식사를 마쳤다. 식사가 끝나자 부인들은 뜨개질을 하기 시작했다. 맥파일 부인은 전쟁이 터진 이래로 수없이 많이 뜬 목도리를 또 하나 뜨고 있는 것이었다. 맥파일 박사는 파이프에 불을 붙였다. 그러나 데이빗슨 씨만은 의자에 앉은 채 물끄러미 테이블만 바라보고 있었다. 마침내 그는 일어서더니 아무 말도 없이 방을 나섰다. 층계를 내려가는 소리가 들리고 노크 소리가 나더니, 톰슨 양이 대들기라도 하듯이 "들어 오세요" 하고 대답하는 소리가 들렸다. 그는 한 시간 동안이나 그 여인의 방에 머물렀다.

맥파일 박사는 빗발을 물끄러미 바라보고 있었다. 그는 짜증이 나기 시작했다. 부드럽게 내리는 영국의 비와 다르다. 무자비하고 웬지 무시무시한 느낌마저도 느끼게 하였다. 사람들은 그 속에서 원시적 자연력이 지니는 적의敵意같은 것을 느끼는 것이다. 내린다기보다는 오히려 퍼붓는 것이었다. 흡사 하늘의 홍수처럼 보였다. 미친 듯이 줄곧 지붕의 주름잡힌 양철판을 시끄럽게 두드리고 있었는데, 마치 몹시 노한 감정이라도 가지고 있는 듯이 보였다. 그래도 사람들은 이따금 아직 그치지 않으면 뭐라고 큰 소리로 외치지 않고는 배겨나지 못할 그러한 기분이 드는가 하면, 이번에는 뼈다귀까지 연해진 것처럼 별안간 맥이 쭉 빠지는 것이었다. 될 대로 되라는 비참한 심정이었다.

데이빗슨 선교사가 돌아오자, 맥파일 박사는 그쪽으로 고개를 돌렸다. 두 부인들도 고개를 들었다.

"가능한 기회는 모조리 주었고 회개하라고 권고도 해 보았지만 워낙 고약한 계집이야, 저건."

그는 잠시 입을 다물었다. 맥파일 박사는, 눈이 어두워지고 파랗게 질린 그의 얼굴에서 굳건하고도 험악한 표정이 떠오르는 것을 느낄 수가 있었다.

"이제는 채찍을 들어야겠어요. 주 예수께서 저 신전에서 대금업자며 환금업자를 내쫓으신 그 채찍을 말이에요."

그는 방 안을 왔다갔다했다. 입은 꼭 다물어져 있었고, 까만 눈썹은 험악하게 일그러져 있었다.

"땅 끝까지 도망친다 해도 쫓아가고야 말 테니까."

그는 갑자기 돌아서더니 어슬렁거리며 방을 나갔다. 다시 층계를 내려가는 소리가 났다.

"어떻게 하시려는 걸까요?" 맥파일 부인이 물었다.

"글쎄요, 잘 모르겠는데요." 데이빗슨 부인은 안경을 벗어 닦으며 말했다.

"남편이 하느님의 용무를 보실 때에는 전 아무것도 묻지 않거든요." 그녀는 휴 하고 한숨을 쉬었다.

"왜 그러세요?"

"남편이 지쳐 쓰러지지 않을까 두려워요. 당신 몸은 돌보실 줄을 잘 모르시거든요."

데이빗슨 선교사의 최초의 행동 결과를, 맥파일 박사는 그들이 묵고 있던 그 집 혼혈인 상인에게 듣고 알았다. 맥파일 박사가 가게 앞을 지나가는데, 안에서 불러 세워 놓고 현관 입구의 계단에 서서 이야기해 주었다. 그의 통통한 얼굴에서는 걱정스러운 빛이 역력했다.

"톰슨 양에게 이곳 방을 빌려 주었다고 목사님은 제게 막 야단을 치시지만, 전들 빌려 줄 때에는 저 여자가 어떤 인간인지 어떻게 알겠어요? 손님이 방을 빌려 주겠느냐고 물으면, 제 용무는 '당신은 방값을 치를 수 있소?' 하고 묻는 것밖에는 없어요. 게다가 저 여잔 1주일 치를 선불해 버렸답니다."

맥파일 박사로서는 무슨 말꼬리를 잡힐 만한 것은 말하고 싶지 않았다.

"누가 뭐라 해도 이 집은 당신 것이니까요. 우리로서는 이렇게 머무르게 해주는 것만으로도 여간 고맙지 않아요."

혼 씨는 의심쩍게 그를 바라보고 있었다. 그로서는 맥파일 박사가 어디까지 선교사의 편인지 아직 분명히 알 수 없었던 것이다. 그는 머뭇거리면서 "선교사 동지끼리라면 그것도 좋지만, 글쎄 그걸 장사꾼에게 뒤집어씌운다면 이쪽에선 문을 닫고 보따리를 싸는 게 나을 걸요" 하고 말했다.

"그래, 내쫓아 달라고 합디까?"

"아아뇨, 그 여자가 행실만 바르게 하고 있으면 제게 그렇게까지는 말을 할 수 없다고요. 즉 제게 부당한 짓은 하고 싶지 않다고요. 저도 약속했지요, 다시는 그 여자가 손님을 못 받게 하겠다고요. 지금도 그 여자에게 가서 그렇게 전하고 오는 길입니다."

"그 여잔 뭐라고 하던가요?"

"제가 날벼락을 맞았지요" 하면서, 그는 낡아빠진 바지를 입은 몸을 꿈틀거렸다. 톰슨 양은 호락호락한 손님이 아니었던 것이다.

"뭐 나가고 말겠어요. 손님이 떨어지면 여기 있을 필요가 없으니까."

"갈 곳이 없잖아요, 원주민 집이라면 있지만요. 그것도 저 여자가 선교사에게 곱게 보이지 않는다면 받아 주지 않을 걸요."

맥파일 박사는 쏟아지는 비를 바라보고 있었다.

"제기랄, 개이기를 기다려도 소용없겠지."

그날 밤 모두 객실에 모여 앉아 데이빗슨 씨의 대학 시절의 이야기를 들었다. 학비가 없어서 방학중에 이것저것 온갖 잡일을 닥치는 대로 하면서 학교를 마쳤다고 했다. 아래층은 조용했다. 톰슨 양은 조그마한 방에 홀로 앉아 있었다. 그러나 갑자기 축음기 소리가 울려 나왔다. 적적함에 못 이겨 발악이라도 하듯이 틀어 놓은 것이었다. 그렇지만 누구 하나 노래하는 사람도 없이 쓸쓸하게 들려 왔다. 무슨 도움을 요청하는 소리처럼도 들렸다. 데이빗슨 씨는 아랑곳하지 않았다. 마침 이야기하던 중이었지만 표정 하나 변하지 않고 말을 계속했다. 아직도 축음기가 울리고 있었다. 톰슨 양은 계속 판을 갈아 끼웠다. 밤의 정적이 그녀에게는 견디기 어려운 모양이었다.

바람 한 점 없어 찌는 듯한 밤이었다. 맥파일 부부는 침대에 들어 보았으나 두 사람 다 잠을 이룰 수가 없었다. 나란히 누워 크게 눈을 뜬 채 모기장 밖의 요란한 모기의 윙윙

거리는 소리를 듣고 있었다.

"저건 또 뭐예요?" 하고 끝내 맥파일 부인이 소곤거렸다. 음성이, 데이빗슨 씨의 목소리가 간막이 나무벽 저쪽에서 들려 오는 것이었다. 단조롭지만 진지하게 줄곧 계속되고 있었다. 큰 소리로 기도하고 있었다. 톰슨 양의 영혼을 위하여 기도하고 있는 것이었다.

2, 3일이 흘렀다. 이젠 길에서 만나도 그녀는 그 빈정거리는 친절이나 미소를 띠고 말을 건네는 것은 집어치우고, 짙은 화장을 한 얼굴을 찡그리고 새침해서 마치 그들을 보기도 싫다는 듯 샐쭉한 표정을 짓고 가 버렸다. 집주인이 맥파일 씨에게 이야기한 바에 의하면, 다른 데 숙소를 찾아보았으나 얻지 못했다는 것이다. 밤이 되면 항상 축음기를 틀고 있었으나, 지금은 억지로 즐거운 척 허세를 부리고 있음에 지나지 않는다는 것이 명백했다. 랙타임조차 절망의 원스텝인 양 이상하게 깨어진 서글픈 리듬을 울리고 있었다.

그녀가 일요일에 틀기 시작했는데, 데이빗슨 씨가 집주인을 시켜 주일이라고 즉시 그만두게 한 적이 있었다. 소리가 그치면 별안간 집 안이 잠잠해져서, 다만 양철 지붕을 울리는 그칠 줄 모르는 빗소리만이 귀청을 울렸다.

"꽤 안절부절 못하는 것 같더군요" 하고 이튿날 집주인이 맥파일 씨에게 전했다.

"그 여자는 데이빗슨 선생이 무슨 꿍꿍이 속인지 전혀 몰라 안절부절 못하고 있어요."

맥파일 씨는 그날 아침 얼핏 그녀의 모습을 보았다. 그런데 놀란 것은 그녀의 거만한 표정이 씻은 듯이 가셨다는 것이다. 그녀의 얼굴에는 무언가에 쫓기는 듯한 기색이 역력했다. 혼혈인 집주인은 그의 얼굴을 슬쩍 훔쳐 보며 말을 건넸다.

"데이빗슨 선생이 무얼 하고 계시는지 모르시지요?"

"모르겠는 걸요."

혼이 자기에게 이런 질문을 한다는 게 이상했다. 그도 또한 이 선교사가 수상하게도 무엇을 꾸미고 있는 중이라는 것을 눈치채고 있었기 때문이다. 그것은 그 여자의 주변에 조심스럽게 계획적으로 올가미를 씌웠다가, 준비가 다 되었을 때 확 줄을 잡아 당기려는 듯이 여겨졌다.

"목사님이 하시는 말씀이, '저 여자에게 가서 일러주게, 만약 나를 만나고 싶거들랑 언제라도 곧 가봐 줄 수 있다고'라고요" 하고 집주인은 말했다.

"그랬더니 그 여자는 뭐라고 합디까?"

"아무런 말이 없었어요. 그걸로 그쳤으면 좋았을 걸, 목사님이 전하라는 것 이상으로 수다를 떨었지 뭡니까? 나는 그 여자가 울고불고 하지나 않을까 걱정했답니다."

"혼자 있는다는 것이 신경을 건드린 게 뻔하지 뭐" 하고 맥파일 박사는 말했다.

"게다가 이 놈의 비는 — 이것에는 누구나 정신에 이상이 생기게 마련이지." 그는 짜증을 내면서 말을 계속했다.

"이 경을 칠 놈의 고장에선 비가 그칠 줄도 모른단 말인가?"

"장마철이라 지루하게 계속될 겁니다. 1년의 평균 강우량이 약 7천 5백에서 8천 밀리미터이니까요. 즉 이 만灣의 생김새가 틀려 먹었어요. 태평양 상의 비란 비를 모조리 끌어들이게끔 되어 있는 것처럼 보이잖아요."

"빌어먹을 만의 꼬락서니 같으니라구" 하고 맥파일 박사가 투덜거렸다.

그는 모기에게 뜯긴 자국을 빡빡 긁었다. 짜증이 나서 도대체 견딜 수가 없었다. 비가 그치고 해가 나는가 하면 바람 한 점 없고 찌는 듯이 무더워, 마치 온실에 있는 거나 하등 다를 바가 없었다. 만물이 미친 듯이 급격히 생장하고 있는 듯한 야릇한 감정에 사로잡혔다. 쾌활하고 아이들처럼 보이던 원주민의 몰골마저 그쯤 되니, 나팔을 불고 염색한 듯한 머리카락에 맨발로 그들이 곧장 뒤에서 따르기라도 할 것 같으면 본능적으로 뒤를 돌아다보게 되었다. 갑자기 살며시 뒤로 다가와서 어깨뼈 사이를 창으로 쿡 찌르지나 않을까 뒤숭숭해졌다. 멋없이 사이가 벌어진 두 눈 위에 어떠한 음흉한 생각을 숨기고 있는지 알 수가 없었다. 신전神殿의 벽화 따위에 남아 있는 고대 이집트 사람들의 얼굴과 어딘지 비슷한 데가 있었다. 그것에는 무척 오래 된 공포가 깃들여 있는 듯했다.

데이빗슨 선교사는 방을 들락날락하고 있었다. 그는 몹시 분주해 보였지만, 맥파일 부부에게는 그가 과연 무엇을 하고 있는지 알 도리가 없었다. 혼의 말에 의하면 매일같이 총독을 만난다는 것이었으며, 한 번은 데이빗슨 씨 자신이 그에게 이렇게 이야기한 적도 있었다고 했다.

"보기에는 매우 결단력이 있을 것 같은 사람이지만, 실제 문제에 부딪치면 역시 줏대가 서지 않는 모양이에요" 하고 그가 말했다.

"다시 말하면 당신 요구대로 꼭 해주지 않는다는 것이지요" 하고 박사는 익살맞게 한 번 건드려 보았다.

그러나 선교사는 웃음을 짓기는커녕 "제가 해달라는 건 올바른 일이에요. 남을 설득해서 마지못해 한다는 그런 성질의 것은 아닙니다" 하고 말했다.

"하지만 무엇이 과연 옳은 일이냐 하는 점은 사람에 따라 다를 것입니다."

"그럼 가령 다리에 탈저정脫疽疔이 걸린 사람이 있다고 합시다. 절단하는 게 좋은데도 불구하고 우물쭈물 말을 못하는 사람을 당신은 참을 수 있단 말이오?"

"탈저정이라는 것은 엄연한 사실의 문제이니까요."

"그럼 죄악은?"

동분서주한 데이빗슨 씨의 효과는 얼마 되지 않아 곧 나타났다. 네 사람은 점심 식사를 방금 마친 터라 아직 부인들이나 맥파일 박사도 낮잠을 자기 위해 자리를 뜨지 않고 있었다. 그것은 더위로 말미암아 그들의 습관으로 되어 있었지만, 데이빗슨 씨만은 이 게으른 습관을 탐탁하게 여기지 않았다. 바로 그때 갑자기 문이 열리더니 톰슨 양이 들어섰다. 그녀는 방을 빙 둘러보더니 데이빗슨 씨에게로 걸어 가서 "이 더러운 자식아! 별꼴 다 보겠네, 총독에게 뭐라고 고자질했어?" 하고 노발대발하여 침을 튀겨 가며 말하는 것이었다.

잠시 말이 끊기자, 이윽고 선교사는 의자를 끌어당기며 타일렀다.

"자 앉으시죠, 톰슨 양. 다시 한 번 만나서 당신과 이야기하려던 참이었습니다."

"더러운 개자식 같으니."

그녀는 추잡하고 무례한 욕설을 마구 퍼붓기 시작했다. 데이빗슨 씨는 엄숙한 눈빛으로 그녀를 지켜보고 있었다.

"당신은 나를 실컷 모욕한다고 생각하시겠지만 난 아무렇지도 않습니다. 하지만 부인들이 계시다는 걸 잊지 말아 주시오" 하고 그는 말했다.

그때에는 분노에 불타는 그녀의 눈에서 참아도 참아도 눈물이 넘쳐 흐르고 있었다. 가슴이 미어져 말이 안 나오는 양 그녀의 얼굴은 붉어지고 퉁퉁 부어 있었다.

"어찌된 일이죠?" 하고 맥파일 박사가 물어 보았다.

"방금 어떤 사람이 와서 제게 전하지 않겠어요, 이 다음 배로 떠나야 한다구요."

그러나 선교사의 눈빛은 전혀 흔들리지 않았다. 그의 얼굴은 얼음장처럼 냉담하게 보였다.

"그러한 사정 하에서는 총독이 당신의 체류를 허락하리라고는 좀 기대하기 어려울 겁니다."

"네놈이 한 짓이지 뭐야?" 하고 그녀는 꽥 소리를 지르며 외쳤다.

"흥, 속아 넘어갈 줄 알았지? 당신이 한 짓이 아니란 말이야?"

"당신을 속이려는 것은 절대 아닙니다. 그저 나는 총독의 의무로서 당연한, 유일한 수단을 요구했을 뿐입니다."

"왜 당신은 날 내버려 두지 않는 거야? 당신에게 폐를 끼친 것도 없는데 말이야."

"설령 폐를 끼쳤다손치더라도 그런 건 난 조금도 원망하지 않습니다. 염려 마십시오."

"이런 빌어먹을 곳에 내가 언제까지나 있을 줄 알았어! 이래 봬도 난 시골뜨기 아니란 말이야."

"그렇다면 횡설수설할 것 없지 않습니까?" 하고 그가 대꾸했다.

그녀는 화가 난 김에 알아듣지도 못할 말을 퍼붓더니 방을 뛰쳐나갔다. 잠시 침묵이 흘렀다.

"이젠 한시름 놓았어. 총독이 끝내 결단을 내린 모양이야" 하고 데이빗슨 씨가 드디어 입을 열었다.

"원, 그 사람 마음이 약하고 겁이 많아서. '그 여자가 여기 있는 건 기껏해야 두어 주일이니까 아피아에만 가 버리면 영국의 관할이겠다, 내가 알게 뭐요'라고 하지 않겠어요."

데이빗슨 선교사는 벌떡 일어나 성큼성큼 방 안을 가로질러 갔다.

"당국자가 요리조리 책임을 회피하려고 드는 게 정말 지긋지긋해요. 눈에 안 보이는 죄악은 죄악이 아니라는 듯이 말하고 있으니까요. 저런 여자는 존재 그 자체가 수치라, 다른 섬에 보낸다고 해서 해결되는 게 아니거든요. 전 결국 강력하게 나갈 수밖에 없었어요."

데이빗슨 씨의 이마가 험악해지고 강인한 턱을 앞으로

쭉 내밀었다. 모질게 마음먹은 기색이 역력했다.

"그게 무슨 말씀이세요?"

"우리의 사명이 워싱턴에도 전혀 영향이 미치지 않는 것은 아닙니다. 그래서 총독에게 지적해 주었지요. 만약 이 섬에서 당신의 시책에 대하여 조금이라도 불평 불만이 일어난다면 결국에 가서는 당신에게 이롭지 못할 거라구요."

"그럼 저 여자는 언제 떠나는 거예요?" 하고 맥파일 박사가 물었다.

잠시 후에 그는 대답했다.

"오는 화요일에 시드니 발 샌프란시스코 행의 배가 이곳에 도착할 예정입니다. 그러므로 그 배에 태우기로 되어 있지요."

그때까지는 아직 닷새나 남아 있었다. 이튿날 맥파일 박사가 병원에서 돌아오니 — 그보다 더 나은 볼일도 별로 없는 터여서, 그는 오전중에는 대부분 병원에서 보냈던 것이다 — 혼혈인 집주인이 그가 2층으로 올라가는 것을 가로막았다.

"선생님, 미안합니다만, 톰슨 양이 몸이 불편한데 한 번 봐주실 수 있을까요?"

"네, 그렇게 하지요."

혼이 앞장서서 그녀의 방으로 안내했다. 톰슨 양은 축 늘어진 채, 의자에 앉아 독서나 뜨개질도 하지 않고 그저 멍하니 앞만 바라보고 있었다. 흰 드레스에 꽃을 단 큼직한 모자를 쓰고 있었다. 얼굴에 화장은 했지만 누렇고 매끄럽지 못한 피부가 눈에 띄었고 눈은 생기가 없어 보였다.

"몸이 편찮으시다니 안됐군요." 맥파일 박사가 말을 건넸다.

"실은 아픈 게 아니예요. 선생님을 꼭 만나 뵈어야 할 일이 있어서 그렇게 꾸며댄 거예요. 저는 샌프란시스코 행 배를 타야 될 몸이거든요."

그러고 나서 그의 얼굴을 쳐다보았으나 순간 그녀의 눈이 겁을 집어먹은 듯 번쩍였다. 그리고 발작이라도 일으킨 양 두 손을 펼치다가 꼭 쥐었다. 집주인이 문간에 선 채 귀를 기울이고 있었다.

"네, 알겠어요" 하고 맥파일 박사가 말하자, 그녀는 조그맣게 꿀꺽 숨을 들이켰다.

"지금 당장 샌프란시스코에 간다는 건 제겐 여간 거북하지 않아요. 어제 오후에는 총독을 만나러 갔지만 만나 주지 않더군요. 비서란 작자를 만났지만 '당신은 이 배를 타야지 달리 뾰족한 수가 없소'라고만 하지 않겠어요. 그렇지만 전 부득불 총독을 만나려고 오늘 아침도 그분 댁 앞에서 기다리고 있다가 나오시는 걸 붙잡고 말씀을 드렸어요. 그분은

실은 저와 이야기하고 싶진 않았던 거예요. 하지만 저는 과감하게 나갔어요. 끝내 실토하더군요, 그야 저 목사만 찬성한다면 자기로서는 다음 시드니 행 선편까지 제가 머무른다고 해도 반대하지 않겠노라고요."

거기서 말을 그치고 근심스럽게 맥파일 박사의 기색을 살폈다.

"나로선 어떻게 하면 좋을지 모르겠는 걸요" 하고 그가 말했다.

"제발 총독에게 부탁해 주세요, 네? 그저 여기 있는 걸 허락만 해주신다면 맹세코 일을 저지르지 않을 테니까요. 나가지 말라고 하면 외출도 않겠어요. 두 주일밖에 아니잖아요?"

"하여간 부탁은 해보지요."

"들어 줄 리가 있겠어요, 그 사람이?" 하고 혼이 덧붙였.

"화요일에 당신을 내쫓으려는 거예요. 그러니까 아예 각오를 하는 게 낫지요."

"시드니에 가기만 하면 일자리가 있다고 해주세요, 물론 버젓한 일이에요. 그리 어려울 것도 없으시겠죠?"

"할 수 있는 데까지 해드리죠."

"곧장 대답을 가져다 주세요, 네? 무슨 서광이 비칠 때까진 무엇 하나 손댈 수가 없어요."

박사로서는 그리 달가운 심부름이 아니었다. 그래서 소위 그의 특성이라고 할 수 있는 우회전술을 썼다. 우선 아내에게 톰슨 양의 의향을 말하고 데이빗슨 부인에게 부탁해 보라고 일렀다. 선교사의 태도가 지나치게 독단적인 것 같기도 하고, 또 저 여인을 두어 주일 더 파고파고에 있게 내버려 둔다 해도 별로 해로울 것이 없을 것 같다는 생각도 들었다. 그러나 그의 외교 수단의 결과에 대해서는 자신이 없었다. 선교사가 직접 그에게로 왔다.

"아내에게서 들었는데요, 톰슨 양이 당신께 무슨 부탁을 드렸다면서요."

이렇게 정면으로 달려드는 바람에 원래 수줍음이 많은 맥파일 박사로서는, 억지로 군중 속으로 끌려 들어가는 듯해서 격분을 느꼈다. 왈칵 화가 치밀자 얼굴이 붉어졌다.

"전 말이에요, 저 여인이 시드니에 가건, 샌프란시스코에 가건 상관없다고 생각해요. 더군다나 그 여인이 이곳에 있는 동안 행실을 삼가겠노라 약속했는데도 그녀를 괴롭힌다는 건 좀 가혹하지 않아요?"

선교사는 험악한 눈초리로 그를 노려보고 있었다.

"왜 저 여자는 샌프란시스코로 돌아가는 것을 꺼리죠?"

"그런 건 묻지도 않았어요." 맥파일 박사는 심술궂게 대답했다.

"게다가 남의 일에 상관할 것 없잖아요."

아마도 이건 분명 그리 능숙한 대답은 아니었다.

"총독의 명령이랍니다, 저 여자를 되도록 빨리 선편으로 송환하려는 것은. 총독이 총독으로서의 의무를 완수했다고 생각할 뿐이에요. 전 간섭하려 드는 건 아닙니다. 그 여자가 있다는 것 자체가 이 섬에 대해선 위험하니까요."

"하지만 당신은 정말 무정하고 포악한 인간이군요."

두 여성은 깜짝 놀라서 맥파일 박사를 쳐다보았다. 그러나 시비가 될 염려는 없었다. 데이빗슨 씨가 부드럽게 미소 지으며 말했다.

"그렇게 생각하신다면 저로서는 유감천만입니다. 사실 저는 저 불행한 여성을 위하여 피를 흘리고 있답니다. 그렇지만 전 다만 제 의무를 다하기 위해 애쓰고 있을 따름입니다."

박사는 아무런 대답도 없었다. 시무룩해진 채 창밖을 내다보고 있었다. 오랜만에 비가 그쳐서 만 너머 수목 사이로 원주민 부락의 오두막집들이 약간씩 보이고 있었.

"마침 비가 그쳤으니, 이 틈에 좀 나가 봐야겠어요" 하고 그가 말했다.

"모처럼의 부탁이십니다만 저로서는 찬성하기 어렵습니다. 나쁘게 생각하지 마세요." 데이빗슨 씨는 서글픈 미소를 지으며 말했다.

"전 박사님을 매우 존경합니다. 그런데 당신에게서 오해를 받는다는 것이 몹시 가슴 아프군요."

"아니예요. 당신은 자기 자신에 대해서 여간 자부심을 갖고 있지 않아요. 그러니 저 따위 인간이 어떻게 생각하든 아랑곳하지 않으실 테죠" 하고 맥파일 박사가 대꾸했다.

"그렇기도 하군요" 하고 데이빗슨 씨는 껄껄 웃었다.

맥파일 박사는 공연히 쓸데없는 말을 지껄인 자신에게 화를 내면서 층계를 내려갔다. 톰슨 양이 문을 반쯤 열어놓은 채 그를 기다리고 있었다. 그녀가 물었다.

"저어, 부탁해 보셨어요?"

"네, 하지만 미안하게 됐어요. 그 사람은 그렇게 할 수 없대요, 글쎄."

그는 좀 멋쩍어서 여인의 얼굴을 보지도 않았다. 그러고 나서 다음 순간 그는 힐끗 그녀를 보았다. 그녀가 갑자기 흐느껴 울기 시작했기 때문이다.

그녀의 얼굴은 공포로 말미암아 하얗게 질려 있었다. 그는 어리둥절하여 어쩔 줄 몰라 했는데, 그때 한 가지 생각이 문득 머리에 떠올랐다.

"그렇지만 아직 희망을 버릴 것까지는 없어요. 당신에 대해서 그들이 하는 짓이란 정말 지독하다고 생각해요. 하여간 내가 직접 총독을 만나 보겠소."

"지금 당장?"

그는 고개를 끄덕였다. 여인의 얼굴이 환희에 빛나는 것처럼 보였다.

"정말 고맙습니다. 선생님께서 말씀드린다면 총독도 허락해 주실 거예요. 전 여기 있을 동안 절대로 몹쓸 짓은 하지 않을 테니까요."

'내가 왜 총독에게 부탁해 주겠다고 마음먹었을까.' 맥파일 박사도 전혀 알 수가 없었다. 톰슨 양의 문제가 어찌되든 그가 알 바는 아니었지만, 선교사가 괘씸하게 여겨졌다. 그러나 그 인간에게 치솟는 분노는 항상 마음 속에서만 지글지글 끓어오를 뿐이었다.

총독은 마침 집에 있었다. 그는 체격이 크고 멋져 보이는 해군이었는데, 코밑에는 칫솔 같은 희끗한 수염을 기르고 있었다. 얼룩 하나 없는 새하얀 훈련용 제복을 입고 있었다.

"실은 우리와 같이 머무르고 있는 어떤 여성 일 때문에 왔는데요" 하고 그는 덧붙였다.

"톰슨이라는 여성 말입니다."

"그 여자 이야기라면 실컷 듣고 있습니다, 맥파일 박사."

총독은 피식 웃으면서 덧붙였다.

"오는 화요일에 나가도록 명령은 내렸는데……그 이상은

저로서도 어찌할 도리가 없군요."

"아니 제가 찾아온 용건은 그 점을 좀 어떻게 풀어 주십사 해서 온 거예요. 저 여인이 시드니로 갈 수 있도록, 즉 다음 샌프란시스코로부터 배가 들어올 때까지 이곳에 머무르게 해주십사 하고 들렀는데요. 여인의 행실에 대해서는 제가 보증을 하겠습니다."

총독은 여전히 미소를 짓고 있었으나, 그의 눈은 작아지고 진지해졌다.

"기꺼이 그렇게 해드리고 싶지만, 일단 명령을 내렸으니 그대로 하는 수밖에 도리가 없군요, 맥파일 박사."

맥파일 박사는 그가 할 수 있는 한도 내에서 열심히 사정을 설명해 보았지만, 이젠 총독은 미소마저 짓지 않았다. 외면을 한 채 들을 생각이 별로 없는 태도를 보였다. '틀렸구나!' 하고 맥파일 박사는 짐작했다.

"그 여자에게는 안됐지만, 하여튼 다음 화요일에는 꼭 떠나 주어야겠습니다. 이야기는 이것뿐인 것 같은데요."

"무슨 이유로 그렇게 하는 것입니까?"

"죄송합니다. 제 상사上司에 대해서라면 몰라도, 그 이외의 관리로서의 제 행동을 남에게 일일이 설명해야 할 의무는 없을 것 같은데요."

맥파일 박사는 그의 안색을 날카롭게 살폈다. 언젠가 데이빗슨 씨가 말한 바 있는, 결국은 일종의 위협 수단을 썼다는 듯한 암시를 지금 문득 생각해 낸 것이다. 그리고 총독의 태도에서 이상스레 당황하는 기색을 그는 엿볼 수가 있었다.

"데이빗슨이란 작자도 어지간히 간섭질을 좋아하는군" 하고 맥파일 박사는 화가 나서 말했다.

"우리들끼리의 이야기입니다만, 저도 그 데이빗슨이란 인간에게는 그리 호감이 가질 않아요. 하지만 말이야 바른 대로 그 사람이 톰슨 양과 같은 그러한 여인을 여기 있게 한다는 건 위험하다고 지적한 그것은 정말 정당한 지적이라 해야겠지요. 여긴 원주민과 함께 주둔군도 많이 있으니까요."

그는 일어섰다. 맥파일 박사도 따라서 일어설 수밖에 없었다.

"실례하겠습니다, 약속이 있어서요. 부인께 안부 좀 전해 주세요."

총독은 풀이 죽어 서 있는 그를 남겨 놓고 떠나 버렸다. 톰슨 양이 애타게 기다리고 있을 걸 생각하니 자기 입으로는 실패했다는 말을 차마 할 수가 없어, 그는 뒷문으로 들어갔다. 마치 무엇을 숨기기라도 하는 양 몰래 층계를 올라갔다.

저녁 식사 때에도 그는 마음이 편치 않아 묵묵히 앉아 있었는데, 선교사는 유쾌하다는 듯이 수다를 떨고 있었다. 맥파일 박사는 이따금 그의 의기양양한 시선이 신바람이 나서 자기 위에 쏠리고 있다고 느꼈다. 그때 그가 갑자기 놀란 것은, 어쩌면 데이빗슨 씨가 자신이 총독을 방문한 사실이며 실패까지도 이미 알고 있는 것은 아닐까 하는 것이었다. 그렇다면 그는 대관절 어디서 들었단 말인가? 이 사람에게는 아무래도 무슨 불길한 마력이 있는 것은 아닐까? 저녁 식사가 끝나자 혼의 모습이 베란다에 보였으므로, 맥파일 박사는 급한 용무라도 있는 듯한 얼굴을 하고서 그에게 다가갔다.

"기다리고 있어요, 그녀가. 선생님께서는 총독을 만나 보셨나요?" 하고 집주인은 소곤거렸다.

"만나긴 했지만 어찌할 수 없다는군요. 유감천만이지만 더 이상 나로서도 어떻게 할 도리가 없군요."

"뻔한 노릇이죠, 뭐. 자식들, 선교사에겐 오금을 못 편다니까."

"무슨 이야기죠?"

데이빗슨 씨가 사근사근하게 말을 붙이며 그에게 다가갔다.

"뭘요, 적어도 한 주일 동안은 아피아로 떠나시게 될 기회가 없을 것 같다고 여쭙고 있는 중이에요" 하고 집주인은 그럴싸하게 대답했다.

집주인이 돌아가자 두 사람은 다시 객실로 돌아왔다. 데이빗슨 씨는 식사를 마치면 언제나 한 시간 가량은 휴식을 취했다. 잠시 후에 머뭇머뭇 문을 노크하는 소리가 들렸다.

"들어오세요." 데이빗슨 부인이 날카로운 소리로 대답했다.

문은 열리지 않았다. 그녀가 일어나서 문을 열었다. 그들은 톰슨 양이 문간에 서 있는 것을 보았다. 그러나 그녀의 외모는 놀랄 정도로 변해 있었다. 한길에서 그들을 조롱하며 이것 보라는 듯이 우쭐대던 말괄량이가 아니라, 겁에 질린 채 기가 꺾여 있는 모습이었다. 항상 깔끔하게 손질을 하던 머리칼도 아무렇게나 목덜미에 흩어져 있었다. 침실용 슬리퍼에다 스커트와 블라우스 차림이었다. 어느 것이나 때가 묻고 지저분했다. 얼굴에 흘러 내리는 눈물을 닦을 생각도 없이 문간에 선 채 들어오려고 하지도 않았다.

"무슨 용건이죠?" 하고 데이빗슨 부인이 거칠게 쏘아 붙였다.

"데이빗슨 씨께 말씀드릴 게 있는데요."

그녀는 목 메인 소리로 말했다.

데이빗슨 선교사가 일어나서 그녀에게로 다가갔다.

"어서 와요, 톰슨 양." 그는 상냥하게 이르고서 "무슨 일이시죠?" 하고 물었다.

그녀가 방으로 들어왔다.

"저번엔 함부로 입을 놀려서, 아니 그 밖의 이것저것 모두 제가 잘못했어요. 술을 좀 마셨었으니까요, 용서해 주세요."

"원 별말씀을, 나는 어떠한 욕설도 충분히 참아낼 수 있어요."

그녀는 용서해 달라는 듯 울며불며 그에게 다가갔다.

"죽을 죄를 지었어요. 모든 걸 당신 뜻대로 하세요. 그러니까 이젠 샌프란시스코에 돌아가라고는 안 하시겠죠?"

그의 다정스런 태도는 삽시간에 사라지고 갑자기 엄하고 험악한 소리로 변했다.

"왜 그리로 가는 게 싫다는 겁니까?"

그녀는 선교사 앞에서 움츠러들었다.

"그곳에는 가족들이 있어요. 이렇게 된 제 몰골을 보이고 싶진 않아요. 다른 곳이라면 어디든지 명령대로 가겠어요."

"왜 당신은 샌프란시스코로 가는 게 싫다고 하는 거요?"

"방금 말씀드렸잖아요."

그는 몸을 앞으로 기울이며 그녀를 쏘아보았다. 그의 커다랗고 반짝이는 눈이 흡사 그녀의 영혼 속으로 뚫고 들어가는 것 같았다. 갑자기 숨을 들이키더니 그는 일렀다.

"감화원매춘부 선도 시설으로 가시지."

그녀는 날카로운 고함을 지르면서 순간적으로 그의 발목에 몸을 던지더니 그의 두 다리에 매달렸다.

"돌려보내지만 말아 주세요. 하느님께 맹세코 착한 사람이 되겠어요. 이때까지의 생활은 깨끗이 청산할 테니까요."

어찌할 바를 모르고 그녀는 연신 애원을 되풀이했다. 화장을 한 두 뺨 위로 눈물이 주룩주룩 흘러내렸다. 그는 몸을 구부려 그녀의 얼굴을 치켜 세워서는 자기 얼굴을 들여다보게 했다.

"감화원 말이오."

"붙잡히기 전에 도망치겠어요."

그녀는 숨을 몰아쉬었다.

"경찰에 붙잡히면 3년은 처박히게 된단 말이에요."

그는 그녀의 손을 놓았고, 그 여인은 몹시 흐느껴 울면서 마룻바닥 위에 거꾸러지고 말았다.

맥파일 박사가 일어나서 말했다.

"그럼 이것으로 사정은 일변한 셈이군요. 이런 말을 듣고서도 설마 이 사람을 돌려보내지 않겠지요. 다시 한 번 기회를 주는 게 어떨까요. 새 인간이 되기를 원하고 있으니까요."

"전 이 여인이 지금까지 못했던 최상의 기회를 주려고 하고 있는 겁니다. 회개한다고 하면 형벌을 받는 게 좋을 겁니다."

그녀는 이 말을 오해한 듯 고개를 들었다. 슬픔에 잠긴 그녀의 눈에는 희미하게나마 희망의 서광이 어리어 있었다.

"그럼 용서해 주시는 거예요?"

"안 됩니다. 화요일에 샌프란시스코로 출발해야 합니다."

그녀는 신음하듯 공포에 질린 외마디 소리를 지르더니, 이번에는 거의 인간의 소리라고는 생각지 못할 신음 소리를 내면서 미친 듯이 머리를 방바닥에 마구 찧었다. 맥파일 박사가 벌떡 일어나서 일으켜 세웠다.

"그렇게 하면 안 돼요. 자, 이러지 말고 당신 방으로 가서 누워 있는 게 나아요. 내가 바래다 드릴게요."

그는 여인을 일으켜서, 반쯤 끌어당기다시피 부둥켜 안은 채 층계를 내려갔다. 그리고 도와 주려고 하지도 않는 데이빗슨 부인이며 자기 아내에 대하여 몹시 화가 치밀었다. 혼혈인 집주인이 마침 층계 중간의 조금 넓은 곳에 와 있었으므로, 그의 도움을 받아 가까스로 여인을 침대에 눕혔다. 그녀는 계속해서 신음 소리를 내며 고함치고 있었다. 의식은 거의 없는 것 같았다. 그는 피하 주사를 한 대 놓아 주었다. 다시 2층으로 올라왔을 때에는 몹시 덥고 녹초가 되어 있었다.

"눕혀 놓고 왔어요."

두 부인과 데이빗슨 씨는 그가 나갔을 때 그대로였다. 그때부터 말 한 마디 않고 까닥하지도 않았을 테지.

"당신을 기다리고 있었습니다" 하고 데이빗슨 씨가 말했다. 이상하게 서먹서먹한 음성이었다.

"저 과오를 저지른 우리 자매의 영혼을 위하여 우리 모두 기도를 드립시다."

그는 선반에서 성경을 집어들고, 그들이 저녁 식사를 한 식탁 앞에 앉았다. 아직 치우지 않고 있었기 때문에 그는 차주전자를 옆으로 밀어 놓았다. 그리고는 힘차게 설득력 있는 음성으로, 간음을 범하여 붙잡힌 여인과 예수 그리스도가 만나는 이야기가 쓰여 있는 장章을 읽어 주었다.

"자, 다 함께 무릎을 꿇고 저 사랑하는 새디 톰슨 자매의 영혼을 위해 기도합시다."

기나긴 열렬한 기도가 시작되었다.

"하느님이시여! 저 죄 많은 여인에게 은총을 베풀어 주소서"라고 그는 기도했다. 부인들은 두 눈을 감은 채 무릎을 꿇고 있었다. 별안간에 당한 일이라, 맥파일 박사는 어색하여 어쩔 줄 모르고 쩔쩔맸지만 그도 역시 무릎을 꿇고 있었다. 데이빗슨 선교사의 기도는 강렬하면서도 설득력이 넘쳐 흘렀다. 스스로 감동하였는지 기도를 하면서도 눈물이 그의 두 뺨을 적시고 있었다. 창밖에는 잔인한 비가 잠시도 쉬지 않은 채, 마치 모든 인간에게 심한 원한이라도 품고 있는 것처럼 계속 퍼붓고 있었다. 마침내 기도가 끝났다. 그는 잠시 뜸을 들이다가 입을 열었다.

"그럼 이번에는 주기도문을 외도록 합시다."

그들은 그것이 끝나자 그를 따라 일어났다. 데이빗슨 부인의 얼굴은 편안하고 평화스런 표정으로 돌아가 있었다. 위안을 받고 평화가 주어진 것이었다. 그러나 맥파일 부부는 갑자기 겸연쩍어져서 시선을 어디다 두어야 좋을지 몰랐다.

"아래층에 내려가서 그녀의 동정을 살펴보고 오겠습니다" 하고 맥파일 박사가 말했다.

그녀의 방문을 노크했더니, 혼이 문을 열어 주었다. 톰슨 양은 흔들의자에 앉아서 조용히 훌쩍거리고 있었다.

"거기에서 뭘 하고 있는 거요? 누워 있으라고 했잖소" 하고 맥파일 박사는 외쳤다.

"누워만 있을 순 없어요. 데이빗슨 씨를 만나 뵙고 싶어요."

"이것 봐요. 그게 무슨 도움이 될 줄 알아요? 어림도 없을 거예요."

"아니예요, 그이가 하시는 말씀이, 와주십사 하면 언제라도 오시겠다고 했어요."

맥파일 박사는 집주인을 손짓으로 불러서 일렀다.

"그럼 좀 불러 보구료."

집주인이 2층으로 올라간 동안 그는 그 여인과 함께 묵묵히 기다리고 있었다. 데이빗슨 씨가 들어왔다.

"일부러 오시라고 해서 죄송합니다." 서글프게 쳐다보면서 톰슨 양이 말했다.

"나는 기다리고 있었습니다, 당신이 불러 주기를. 하느님도 필경 나의 기도에 응해 주시리라는 것을 전 잘 알고 있었지요."

두 사람은 잠시 얼굴을 마주 보았지만 톰슨 양이 곧 시선을 돌려 버렸다. 그녀는 줄곧 시선을 피하면서 말을 하였다.

"전 몹쓸 여자였어요. 회개하고 싶어요."

"고맙소, 정말 고마워요. 하느님이 우리들의 기도를 들어주신 거예요."

그는 두 사람을 돌아다보면서 말했다.

"이분은 제게 맡겨 주십시오. 그리고 아내에게는 이렇게 전해 주세요, 우리들의 기도가 이루어졌다고요."

그들은 문을 닫고 방을 나왔다.

"제기랄" 하고 집주인이 뇌까렸다.

그날 밤 맥파일 박사는 늦게까지 잠을 이루지 못했다. 층계를 올라오는 데이빗슨 씨의 발자국 소리가 들렸을 때 그는 시계를 보았다. 새벽 두 시였다. 그러나 그는 곧바로 침대에 들지 않았다. 왜냐하면 그들의 방을 가로막고 있는 나무 벽 너머로 그의 기도 소리가 또렷이 들려 왔기 때문이다. 그렇지만 그 후로는, 맥파일 박사는 피곤해서 잠들어 버렸다.

다음날 아침 데이빗슨 씨를 만났을 때, 맥파일 박사는 그의 모습에 놀랐다. 여느 때보다 핏기가 없고 지쳐 있었으나, 그의 두 눈은 비인간적인 빛으로 반짝이고 있었다. 흡사 온몸이 환희로 압도되어 있는 것처럼 보였다.

"당장 내려가서 새디를 보시지 않겠어요? 육체는 별로 변함이 없겠지만 영혼은 말이에요 ─ 그녀의 영혼은 온통 딴사람이 되어 있답니다."

맥파일 박사는 안색도 나쁜데다가 신경과민이 되어 있었다.

"엊저녁에는 그 여인과 상당히 늦게까지 계시더군요."

맥파일 박사가 말했다.

"그렇습니다. 꼭 남아 있어 달라고 고집하는 바람에."

"아주 흡족하신 것 같은데요" 하고 맥파일 박사도 빈정거리면서 대꾸했다.

데이빗슨 씨의 눈빛이 황홀하게 빛나고 있었다.

"거룩한 은총이 제게 부여된 것입니다. 간밤에 저에게는, 잃어버린 영혼을 사랑이 넘치는 주님의 품에 인도하는 특권이 베풀어졌던 것입니다."

 톰슨 양은 오늘 아침에도 흔들의자에 앉아 있었다. 침대가 설치되어 있지 않고 방도 어수선하게 어질러져 있었다. 옷도 갈아입지 않고 더러운 실내복을 걸친 채, 머리도 아무렇게나 묶고 있었다. 그래도 얼굴은 젖은 수건으로 가볍게 닦았지만 울어서 그런지 온통 부어 주름살투성이였다. 어느 모로 보나 매춘부다운 몰골이었다. 맥파일 박사가 들어서자 여인은 힘없이 고개를 들었는데, 겁먹고 질린 표정이었다.

"데이빗슨 씨는 어디 계시죠?" 하고 그녀가 물었다.

"당신이 원한다면 곧 오겠죠, 뭐."

 맥파일 박사는 내뱉듯이 대답하면서 덧붙였다.

"나는 당신의 병세를 보러 온 거요."

"이젠 괜찮은 것 같아요. 걱정하실 필요 없어요."

"뭘 좀 먹었소?"

"집주인이 커피를 가져다 주더군요."

 그녀는 조바심이 나는 눈초리로 문쪽을 바라보고 있었다.

"그분이 곧 내려오실까요? 그분만 있어 주시면 전 그래도 그리 두렵지 않을 것 같아요."

"화요일에 출발하는 것은 변함없나요?"

"네, 그래야 된다고 하시더군요. 곧 와 주십사 하고 전해 주세요, 네? 선생님은 이젠 별 도움이 되질 않아요. 그분만

이 제겐 힘이 되거든요."

"알겠소." 맥파일 박사가 말했다.

그로부터 사흘 동안, 선교사는 거의 모든 시간을 새디 톰슨의 방에서 보냈다. 다른 사람들과 만나는 것은 식사 때뿐이었는데, 그것도 박사가 살펴보니 식사에는 입을 대는 둥 마는 둥 하고 있었다.

데이빗슨 부인은 측은한 듯이 말했다.

"주인은 바싹바싹 야위어 가고 있어요. 조심하시지 않으면 쓰러지고 말 텐데, 전혀 당신 몸을 돌보려고 들지 않으시거든요."

그녀 자신도 핼쑥한 얼굴을 하고 있었다. 통 잠을 이룰 수가 없다고 그녀는 맥파일 부인에게 말했다. 데이빗슨 씨는 톰슨 양의 방에서 돌아와서도 기운이 다할 때까지 기도를 계속하였으며, 그리고 나서도 결코 오랜 시간 잠을 자지 않았다. 한두 시간이 지나면 일어나서 옷을 갈아입고 해안을 따라 산책하러 나갔다. 그는 흔히 이상한 꿈을 꾸곤 했다.

"오늘 아침에도 제게 말씀하시는 거예요, 저 네브라스카 산맥이 꿈에 보였다고요" 하고 데이빗슨 부인이 말했다.

"그건 참 이상한 일인데요" 하고 맥파일 박사가 말했다. 그는 갑자기 미국을 횡단할 때 기차의 창밖으로 그 산들을 보았던 것이 생각났다. 둥글고 매끈매끈한 산들이 평원에서 갑자기 높아지고 있어서, 마치 거대한 두더지가 파 놓은 언덕을 보는 것 같았다. 문득 그때 부질없이 여인의 젖가슴을 연상했던 것이 떠올랐다.

데이빗슨 씨의 불안은 자기로서도 못 견딜 지경이었다. 그러나 그는 일종의 불가사의한 상쾌한 흥분으로 들떠 있었다. 자기는 지금 저 가엾은 여인의 마음 한 구석에 숨어 있는 죄의 흔적을 송두리째 뽑아 버리려고 하고 있는 것이었다. 그는 그녀와 함께 독서를 하고 함께 기도를 했다.

어느 날 저녁 식사 때에 그는 말했다.

"정말 놀라운 일입니다. 진실한 갱생이에요. 까만 밤처럼 어두웠던 그 여인의 영혼이, 지금은 마치 갓 내린 눈처럼 깨끗하고 하얗게 되어 있습니다. 제 마음은 겸허와 두려움으로 가득합니다. 지금까지의 일체의 죄악에 대한 그녀의 회개는 참으로 아름답습니다. 저 같은 사람은 그녀의 옷깃을 만질 가치조차 없는 인간인 겁니다."

"그래도 당신은 그녀를 샌프란시스코로 돌려보낼 맘이 내키세요?" 하고 박사는 말을 계속 이었다.

"그녀는 미국에서 3년 동안이나 감옥살이를 해야 하잖아요. 전 당신께서 그것에서 구원해 주신 줄로 알고 있었는데……"

"네, 그러나 당신은 모르시겠지만 이건 불가피한 일입니다. 제 맘이 그녀로 인하여 얼마나 많은 피를 흘린 줄 아세요? 저는 제 자신의 아내나 누이처럼 그녀를 사랑하고 있습니다. 그녀가 감옥에 있는 동안, 저는 그녀가 겪는 고통과 똑같은 고통을 겪게 될 것입니다."

"잠꼬대를 하시는군" 하고 맥파일 박사는 참다 못해 부르짖었다.

"당신께선 모르십니다. 즉 당신은 눈이 멀어 있으니까요. 그녀는 죄인입니다. 그러므로 고통을 받아야 합니다. 얼마나 그녀가 괴로워할지 전 잘 알고 있습니다. 굶주림과 고통과 핀잔을 받을 겁니다. 저는 그녀가 인간이 주는 형벌을, 하느님에 대한 희생으로서 받아 주기를, 기꺼이 받아 주기를 원하는 겁니다. 그녀에게 대부분의 우리들이 받지 못한 기회가 주어지고 있습니다. 하느님의 사랑과 은총은 실로 놀랄 만한 것입니다."

데이빗슨 씨의 음성은 흥분으로 떨고 있었다. 열정이 넘치는 대로 튀어나오는 그의 말들은 거의 알아듣지 못할 정도였다.

"저는 종일 그녀와 함께 기도하고, 돌아와서도 또 기도를, 원컨대 주 예수에 의하여 그 크나큰 은총이 그녀에게 베풀어지도록 저는 전심전력을 다하여 기도한 겁니다. 저는 그녀 마음에 기꺼이 벌을 받고자 하는 욕망, 나중에는 가령 제가 허락한다 해도 도리어 그걸 거절하는 심정, 그것을 일으켜 주고 싶은 것이지요. 괴로운 감옥살이의 형벌은 도리어 그녀에게 참생명을 주는, 주님의 발밑에 바쳐지는 감사의 제물이라고 그녀가 여겨 주길 바라고 있답니다."

시간은 좀처럼 흘러가지 않았다. 온 집안이 아래층의 불행하고 고민에 싸인 여인에게 마음이 쏠려 이상할이만큼 부자연스러운 흥분에 휩쓸려 있었다. 흡사 그녀는 잔인한 야만인의 우상 숭배의 예식에 준비되어 있는 희생물처럼 보였다. 공포에 질려서 얼빠진 사람처럼 되어 있었다. 잠시라도 데이빗슨 씨가 보이지 않으면 견딜 수가 없었다. 오직 그가 곁에 있을 때만 기력을 회복하곤 했다. 노예처럼 그에게 매달려 있었다. 눈물을 흘리거나 성경을 읽거나 또는 기도를 드리고 있었다. 그러는가 하면 때로는 축 늘어져서 실신 상태에 빠지는 때도 있었다. 그 위에 실상 그녀에게는 시련을 고대하는 듯한 심정이 있었다. 그 까닭은 그것이야말로 그녀를 지금의 고통에서 구원해 주는 가장 직접적이고 가장 구체적인 길인 것처럼 여겨졌기 때문이다. 지금 고통을 겪고 있는 막연한 공포를 더 이상 감당해 낼 수가 없었다. 죄악과 더불어 그녀는 개인적인 허영도 그만두었다. 빗질도 하지 않은 머리칼을 흐트러뜨리고 야한 실내복을 입은 채, 정신 없이 무엇인가를 지껄이면서 방 안을 빈둥거리고 있었다. 나흘 동안 한 번도 잠옷을 벗은 적이 없으며, 양말을 신은 적도 없었다. 방은 너저분하게 흐트러져 있었다.

한편 비는 잔인할이만큼 줄기차게 내리고 있었다. 이젠 하늘에 물이 없으려니도 느껴지지만, 그래도 여전히 정신이 돌 지경으로 양철 지붕을 때리면서 억수로 퍼붓고 있었다. 모든 것이 축축해져 벽이나 방바닥 위에 둔 장화에도 곰팡이가 피어 있었다. 잠 못 이루는 밤에는 밤새도록 모기떼가 더욱 윙윙 울부짖었다.

"단 하루라도 좋으니 비가 그쳐 주었으면 이토록 속이 썩진 않으련만" 하고 맥파일 박사가 중얼거렸다.

그들은 모두 다 시드니로부터 샌프란시스코 행의 배가 들어오는 화요일을 학수고대하고 있었다. 이 긴장은 배겨 날 수 없을 정도로 지긋지긋했다. 이를테면 맥파일 박사에게는, 이제는 그의 동정이나 노여움도 빨리 이 불행한 여인이 떠나 주었으면 하는 소망에 비하면 아무것도 아니었다. 도무지 어찌할 도리가 없다면 받아들이는 수밖에 없었다. 배가 떠나 버리면 오죽 자유로이 숨 쉬랴 싶었다. 배 안에서는 총독청의 서기 한 사람이 톰슨 양을 따라가기로 되어 있었는데, 월요일 밤에 그 사람이 와서 내일 오전 열한 시에 떠날 수 있도록 하라고 톰슨 양에게 일렀다. 데이빗슨 씨도 마침 그곳에 있었다.

"만반의 준비를 하고 있겠습니다. 저도 배까지 전송해 드릴 작정이니까요."

톰슨 양은 아무 말도 없었다.

맥파일 박사는 촛불을 불어서 끈 다음, 조심조심 모기장 속으로 기어 들어가더니 안도의 한숨을 쉬었다.

"정말 하느님께 감사드려야겠어, 모든 것이 끝난 것을. 내일 이때쯤이면 그녀는 가 버리고 없을 거야!"

"데이빗슨 부인인들 오죽이나 기쁘시겠어요. 주인이 녹초가 되어 허깨비나 다름없이 되어 있다고 말씀하시던데요. 별 사람 다 보겠네요" 하고 맥파일 부인은 말했다.

"누구 말이죠?"

"새디 말이에요. 설마 일이 이렇게 되리라고는 전 생각지 못했어요. 어쩐지 우리도 교만한 맘이 꺾이는 것 같아요."

맥파일 박사는 대답하지 않았다. 그리고는 곧 잠이 들어 버렸다. 몹시 피로했기 때문에 여느 때보다 깊은 잠을 잤다. 아침에 누군가의 손이 자기 팔에 닿는 것 같아서 잠이 깼다. 깜짝 놀라 눈을 떠보니 혼이 침대 옆에 서 있었다. 그는 맥파일 박사더러 소리를 내지 말라는 뜻에서인지 손가락을 입에 댄 채 그를 따라오라는 시늉을 했다. 여느 때는 초라한 즈크 천으로 만든 바지를 입고 있었는데, 이날 아침 따라 맨발에다 원주민들의 라바라바만을 걸치고 있었다. 갑자기 그는 야만스럽게 보였는데, 침대에서 일어나려던 맥파일 박사는 그의 몸에 많은 문신文身이 새겨져 있는 것을 처음으로 보았다. 그는 맥파일 박사에게 베란다 쪽으로 오라는 시늉을 했다. 맥파일 박사는 침대에서 나와 집주인 뒤를 따라 나섰다.

"소리를 내지 마세요." 그가 소곤거렸다.

"당신이 필요해요. 코트와 그리고 아무 신이라도 신으시고요. 제발 빨리."

맥파일 박사가 얼핏 생각한 것은 분명히 톰슨 양에게 무슨 변이 일어났구나 하는 것이었다.

"무슨 일이오? 의료 기구를 가져갈까요?"

"빨리, 제발 빨리 하세요."

맥파일 박사는 살금살금 침실로 되돌아가서 잠옷 위에 방수 코트를 걸치고 고무창을 댄 신발을 신었다. 집주인과 다시 만나 발끝으로 가만가만 층계를 내려갔다. 한길로 나가는 문이 열려 있었고, 원주민들 대여섯 명이 서 있었다.

"무슨 일이오?" 맥파일 박사가 다시 물었다.

"저만 따라오세요" 하고 혼이 대답했다.

그가 밖으로 나서자 맥파일 박사도 뒤따라 나갔다. 원주민들이 떼를 지어 뒤에서 따라왔다. 한길을 가로질러 바닷

가로 나왔다. 맥파일 박사는 물 가장자리에 한 무리의 원주민들이 뭔가를 둘러싸고 서 있는 것을 보았다. 총총걸음으로 약 25미터쯤 갔을까, 원주민들이 맥파일 박사의 모습을 보더니 길을 비켜 주었다. 집주인이 뒤에서 그를 앞쪽으로 떠밀었다. 그때 그는 절반쯤 물에 잠긴 무시무시한 물체, 즉 데이빗슨 씨의 시체를 보았던 것이다. 맥파일 박사는 몸을 굽혀서 ─ 그는 유사시에는 정신을 잃고 쩔쩔매는 그런 위인은 아니었다 ─ 시체를 건드려 보았다. 목줄기가 귀에서 귀까지 베어졌고, 오른손에는 증거가 될 만한 면도칼을 그냥 쥐고 있었다.

"아주 싸늘해져 있는걸" 하면서 맥파일 박사는 말했다.
"죽은 지 꽤 오래 된 것 같은데."
"꼬마놈 하나가 방금 일터로 가던 중 여기서 보고서 내게 와서 전해 주었어요. 자살일까요?"
"그렇소. 누가 경찰을 부르러 가야겠소."
혼이 자신들이 사용하는 말로 뭐라고 지껄이자 두 젊은이가 달려갔다.
"경찰이 올 때까지 여기 이대로 두어야 하오."
그러자 집주인은 "우리 집으로 들고 오는 건 딱 질색이에요. 우리 집에다는 절대 안 받겠어요" 하고 말했다.
"당국의 지시대로 하면 되는 거요" 하고 박사는 쏘아 붙이고 나서 말을 이었다.

"결국은 아마 시체안치소로 갖고 갈 테지만."

그들은 그냥 서서 기다리고 있었다. 집주인이 라바라바에서 담배를 한 개비 꺼내서 입에 물고 맥파일 박사에게도 권했다. 그들은 담배를 피우면서 시체를 물끄러미 쳐다보고 있었다. 그러나 맥파일 박사는 도무지 무슨 영문인지를 알 수가 없었다.

"왜 그가 그런 짓을 했을까요?" 하고 혼이 물었다.

맥파일 박사는 전혀 알 수 없다는 듯이 어깨를 으쓱해 보였다. 잠시 후에 해군이 원주민 순경들을 데리고 들것을 가지고 왔고, 곧 이어 해군 장교 두 명과 군의관이 뒤따라왔다. 그들은 모든 것을 사무적으로 척척 처리하려 했다.

"부인께서는?" 장교 하나가 물었다.

"여러분이 오셨으니까 전 이만 집에 가서 옷을 갈아입을까 합니다. 부인께는 제가 말씀드리지요. 시체를 좀 손질하기 전에는 부인에게 보이지 않는 게 좋을 겁니다."

"옳으신 말씀입니다." 해군 군의관이 동의하였다.

맥파일 박사가 돌아와 보니, 아내는 산뜻하게 옷을 차려 입고 있었다.

"여보, 데이빗슨 부인이 야단났어요. 주인이 보이질 않는다고요." 그가 나타나자마자 아내가 황급히 말했다.

"밤새 들어오지 않으셨다고요. 부인께서는 남편이 두 시경에 톰슨 양의 방을 나오시는 소리를 들으셨다는데, 아마 그대로 외출하신 모양이에요. 그때부터 줄곧 걸어다니셨다면 혹시 죽은 것은 아닐까요?"

맥파일 박사는 사건의 전말을 쭉 이야기해 주면서 데이빗슨 부인에게 그 소식을 전해 달라고 부탁했다.

"그렇지만 왜 그런 짓을 하셨을까?"

공포에 질린 표정으로 그녀가 물었다.

"내가 알게 뭐요."

"할 수 없어요, 도저히 할 수가 없어요."

"전해야 한다니까."

그녀는 겁에 질린 표정을 하고 밖으로 나갔다. 이윽고 데이빗슨 부인의 방으로 들어가는 소리가 들렸다. 그는 잠깐 동안 마음을 가라앉히고 나서 면도를 하고 얼굴을 씻었다. 옷을 갈아입고 침대에 앉아서 아내가 돌아오기를 기다렸다. 마침내 부인이 돌아왔다.

"시체를 보고 싶다던데요."

"시체안치소로 운반해 갔을 거요. 우리도 같이 가는 게 좋겠어. 데이빗슨 부인은 어때?"

"어리둥절해 있어요, 울지도 않고요. 그저 나뭇잎처럼 바르르 떨고만 있어요."

"그럼, 가 봅시다."

문을 노크하자 데이빗슨 부인이 나왔다. 몹시 핼쑥하게 보였지만 눈에는 눈물 한 방울 보이지 않았다. 맥파일 박사의 눈에는 이상스러울이만큼 그녀는 침착해 보였다. 한 마디 말도 건네지 않고 그들은 묵묵히 한길로 나섰다. 시체안치소에 다다르자 데이빗슨 부인이 비로소 입을 열었다.

"저 혼자만 가서 보고 오겠어요."

두 사람은 비켜섰다. 원주민이 문을 열고 그녀를 들여보내자 그대로 문이 닫혔다. 그들은 묵묵히 앉아서 기다리고 있었다. 백인 한두 사람이 와서 그들에게 소곤소곤 말을 걸었다. 맥파일 박사는 그 참극에 대하여 그가 알고 있는 바를 전부 다시 그들에게 털어 놓았다.

이윽고 문이 조용히 열리며 데이빗슨 부인이 밖으로 나왔다. 모두 흠칫 입을 다물었다.

"이젠 돌아갈까요?" 하고 그녀가 말했다.

야무지고 차분한 음성이었다. 맥파일 박사는 그녀의 눈빛을 도저히 이해할 수가 없었다. 핏기가 가신 핼쑥한 얼굴은 매우 엄숙해 보였다. 아무 말도 없이 그들은 집을 향해 천천히 걸어갔다. 드디어 그들의 집이 있는 길로 나가는 모퉁이를 돌았다. 그들은 그 순간 꼼짝도 못하고 서 있었다. 믿을 수 없는 소리가 그들의 귀청을 때렸던 것이다. 오랫동안 잠잠했던 축음기가 크고 거친 소리로 재즈 음악을 울리고 있지 않는가?

"저건 뭐예요?"

공포에 휩싸인 맥파일 부인이 소리를 질렀다.

"어서 갑시다" 하고 데이빗슨 부인이 재촉했다.

그들은 입구의 층계를 거쳐 홀로 들어갔다. 선원과 수다를 떨면서 톰슨 양이 문간에 서 있었다. 급작스런 변화가 그녀에게 일어난 것이었다. 이젠 지난날의 전전긍긍하던 노예가 아니었다. 있는 대로 멋을 부린, 흰 드레스, 매우 반짝거리는 부츠, 그 위에 무명 목양말을 신은 살찐 다리가 툭 튀어나와 있었다. 머리는 잘 손질되어 있었고, 울긋불긋한 꽃을 단 커다란 모자를 쓰고 있었다. 짙은 화장을 한 얼굴, 새까만 눈썹, 새빨간 입술을 하고서 당당하게 서 있었는데, 그 모습은 그들이 맨 처음 그녀를 보았을 때 그대로의 오만하기 이를 데 없는 매춘부였다.

그들이 들어서자, 그녀는 갑자기 조롱하는 듯이 큰 소리로 웃어 젖혔다. 그리고 데이빗슨 부인이 무의식중에 발을 멈추었을 때, 그녀는 한입 가득 침을 모아 탁 뱉었다. 데이빗슨 부인은 주춤거리며 뒷걸음질 쳤고, 동시에 그녀의 두 뺨이 갑자기 붉게 달아 올랐다. 그리고는 두 손으로 얼굴을 가린 채 뒤도 돌아보지 않고 층계를 뛰어 올라갔다. 맥파일 박사는 몹시 화가 치밀어 그 여인을 밀어젖히고 그녀의 방으로 뛰쳐들어갔다.

"이게 무슨 짓이야, 도대체?" 하고 버럭 소리를 질렀다.

"그 빌어먹을 축음기를 끄지 못해."

그는 성큼 걸어가더니 레코드를 떼어 내었다. 톰슨 양이 그에게로 돌아섰다.

"여보세요, 선생. 되지도 않을 수작 좀 작작 하세요. 남의 방에 들어와서 무얼 하는 거예요?"

"뭐가 어째?" 하고 그는 벌컥 고함을 질렀다.

"뭣이 어쨌다고?"

그러나 그녀도 절대 물러서지 않았다. 그녀는 형용할 수 없을 정도로 조롱하는 듯한 표정이었다. 경멸과 증오에 가득찬 눈초리로 대답하는 것이었다.

"당신도 사내지, 사내들은 불결하고 추잡한 돼지들이야! 당신도 똑같아. 모든 사내들이란 돼지! 돼지들이란 말이야!"

맥파일 박사는 숨이 막힐 지경이었다. 그렇지만 그는 충분히 이해하고도 남음이 있었다.

최후의 심판

 그들은 자기들의 차례가 오기를 꾸준히 기다리고 있었다. 그러나 인내란 그들에게는 별로 새로운 것은 아니었다. 그들 세 사람은 철석같은 마음으로 30년 동안이나 한결같이 끈기 있게 견뎌 왔기 때문이다. 그들의 일생은 이 순간에 대한 기나긴 준비와 같은 것이었으므로, 비록 그들은 확고한 자신을 가진 것은 아니었지만 — 이런 무서운 경우에 처하여 자신이 있다든가 하는 것은 주제넘은 수작이었기 때문이다 — 하여간 희망과 용기를 가지고서 결과가 어찌될까 하고 고대했던 것이다. 죄악의 꽃술이 화려하게 피어나는 초원草原이 제법 유혹하듯 질펀하게 눈앞에 뻗어 있었을 때마저 그들은 거북살스럽고 좁은 길 "좁은 문으로 들어가라……생명으로 인도하는 문은 좁고 길이 협착하여 찾는 이가 적음이니라." <마태복음> 제7장 13절 을 택한 것이었다. 애를 태우면서도 고개만은 버젓이

치켜들고 유혹과 싸워 왔던 것이다. 그리고 이젠 그 험한 여행도 끝나, 그들 세 사람은 당연한 보상을 받을 수 있으리라는 기대를 하고 있었다.

그들은 제각기 다른 두 사람의 심경心境을 잘 알고 있었으므로 새삼스레 말을 꺼낼 필요도 없었고, 세 사람 다 한시름 놓았다는 심정이 고맙게 여기는 마음과 더불어 육신을 떠난 영혼을 채워 주고 있는 것처럼 느끼고 있었다. 가령 그들이 그 당시에는 거의 이겨내지 못할 것처럼 보인 정열에 굴복하고 말았다면, 지금 이 자리에서 그들의 영혼은 그 고민으로 인해 얼마나 괴로워할 것인가! 또 가령 그들이 저 멀리 그들 앞에서 찬연히 빛나고 있는 '영원한 생명'을, 짧은 몇 해 동안의 행복 때문에 희생해 버렸다면 그야말로 얼빠진 미친 짓이었으리라! 돌연히 참혹한 죽음을 당할 것을 구사일생으로 벗어나 자기들의 손발을 어루만져 보건만, 아직 살아 있다는 것이 정말 믿어지지 않아 어리둥절하여 주변을 두리번두리번 살펴보고 있는 사람들 ― 그것이 그들의 현재의 실감實感이었다.

세 사람 다 스스로를 책할 만한 짓은 아무것도 한 적이 없었다. 이윽고 천사가 나타나 최후의 심판의 때가 왔다는 것을 고하여도, 지금은 아득히 먼 곳에 속세를 남겨 두고 지나왔듯이, 자기들은 인간으로서의 의무를 다하여 왔다는 행복한 의식을 가지고서 앞으로 나아갈 것이다.

여기는 워낙 혼잡하여 어찌나 뒤에서 떠미는지, 그들은 한쪽으로 조금 비켜서 있었다. 지상에서는 무시무시한 전쟁이 계속되고 있어서 벌써 여러 해 동안이나 세계 각국의 병사들, 한창 용감한 젊은이들이 끊임없이 행렬을 지어 심판석審判席으로 들이닥치는 것이었다. 거기에는 여인들과 어린이들도 끼여 있었다. 그들은 폭력이나, 더욱 불행한 슬픔이나, 질병과 굶주림으로 인해 참혹한 최후를 맞이했던 것이다. 그리하여 이 하늘의 법정에서는 적지 않은 혼란이 일어나고 있었다. 몸을 떨고 있는 이 세 명의 힘없는 유령이, 최후의 심판을 기다리며 서 있었다는 것도 역시 이 전쟁 때문이었다. 왜냐하면 존과 메리는 잠수함의 어뢰魚雷로 침몰당한 배에 타고 있었기 때문이다. 그리고 루스는 갸륵하게도 헌신적으로 돌보고 있던 고된 일로 인해 건강이 상해 있었던 참에, 일찍이 진정으로 사랑했던 남자가 횡사했다는 것을 듣고는 그 타격에 못 이겨 그만 세상을 떠났던 것이다.

존은 만일 아내를 구하려고만 들지 않았다면 목숨을 건졌을는지도 모른다. 그는 아내를 정말 미워했다. 그는 30년 동안이나 마음속 깊이 아내를 미워하고 있었다. 그러나 여태껏 변함없이 아내를 위하여 자기 의무를 다하여 왔으므로, 그때 무서운 죽음의 위험이 닥쳐온 순간, 자기 의무를 게을리하려는 생각은 전혀 머리 속에 떠오르지 않았다.

마침내 천사들이 그들의 손을 잡고 하느님 앞으로 인도하여 갔다. 잠시 동안 영원 불멸의 신神은 그들에게 전혀 관심을 두지 않았다. 사실대로 말하자면 하느님은 그때 기분이 언짢았던 것이다. 조금 전에 충분한 장수長壽와 명예를 얻은 뒤에 죽은 한 철학자가 심판을 받기 위하여 거기에 와 있었는데, 그는 불멸의 신의 면전에서 나는 당신을 믿지 않는다고 했던 것이다. 왕중왕王中王인 하느님이 그까짓 것을 가지고 침착성을 잃을 리는 없었다. 그것은 그저 미소를 짓게 했을 뿐이었다. 그러나 철학자는 마침 그때 지상에서 일어나고 있던 유감스러운 사건을 부당하게 이용하여, 그러한 사건을 냉정하게 생각해 보면 도대체 어떻게 하느님은 전능全能과 전선全善을 조화시킬 수 있느냐고 다짜고짜 따지고 들었던 것이다.

"아무도 악이 존재한다는 사실을 부정하지 못해요" 하고 철학자는 점잔을 빼면서 말했다.

"만약 하느님이 악을 미리 막을 수 없다면 전능이 못 되고, 또 막을 수도 있는데 그럴 의사가 없다면 전선이라고는 할 수 없을 겁니다."

이러한 논쟁은 전지全知의 신으로서는 물론 처음 당하여

생각하기를 언제나 거절해 왔던 것이다. 사실 하느님은 모르는 것이 없었으나 이 문제에 대한 대답만은 몰랐기 때문이다. 아무리 하느님이라 할지라도 2에 2를 더하여 5라고는 할 수 없는 노릇이었다.

그러나 철학자는 자기의 유리한 입장을 강경하게 밀고 나갔다. 철학자들이 흔히 그러하듯이 그럴싸한 전제前提로부터 정당하다고는 할 수 없는 추론推論을 꺼낸 다음, 어느 모로 보나 불합리하다고 생각되는 결론을 가지고서 그 진술을 끝마쳤던 것이다.

"전능일 수도 없고 전선일 수도 없는 하느님의 존재를 저로서는 믿고 싶지 않습니다."

이때 불멸의 신은 자기 앞에 공손하게 그리고 희망을 품고 서 있는 세 명의 유령에게 주의를 돌렸는데, 그 표정에는 어딘지 한시름 놓았다는 듯한 기색이 없지도 않았다. 살아 있는 인간은 사는 시간이 그렇게 짧은데도 자기들 자신의 일이라면 너무 장황하게 지껄이는 법인데 죽은 인간은 영원한 시간이 앞에 놓여 있으므로 천사가 아니면 도저히 얌전하게 잠자코 듣지 못할이만큼 수다를 늘어놓게 되는 것이다. 그러나 지금부터 요약하여 말하는 것은 이 세 사람이 세세히 들려준 이야기다.

존과 메리는 결혼생활 5년 동안은 행복하게 지냈다. 존이

루스를 만나기 전까지는, 대부분의 부부가 그러하듯이 두 사람은 진정에서 우러나오는 애정과 서로의 존경을 바쳐 사랑하고 있었다. 그때 루스의 나이는 존보다는 열 살이나 어린 열여덟 살이었지만, 깜짝 놀랄 정도로 모든 것을 정복할 듯한 아름다움을 지닌 매력적이고 우아한 처녀였다. 육체뿐만아니라 정신도 건전하였던 루스는, 인간으로서는 당연한 인생의 행복을 간절히 바라고 있었으므로, 영혼의 아름다움이라고도 할 저 위대함을 완성할 능력을 가지고 있었다. 존은 그녀를 사랑하게 되었고 그녀 역시 마찬가지였다. 그러나 그들을 사로잡은 것은 평범한 정열은 아니었다. 그것은 너무나 압도적인 것이었으므로, 세계의 기나긴 전역사全歷史는 오직 두 사람을 연결시킨 시간과 장소에 도달함으로써 비로소 뜻이 있는 것처럼 그들은 느꼈던 것이다. 다프니스와 클로이 고대 그리스의 전원목가田園牧歌적 연애소설에 나오는 주인공. 갖은 시련과 우여곡절 끝에 가까스로 결합하여 행복한 생활을 보낸다 또는 빠올로와 프란체스카 남편의 아우 빠올라와 사랑을 속삭이다 남편의 손에 피살된 비련의 주인공 처럼 두 사람은 사랑하고 있었다. 그러나 서로 상대방이 자기를 사랑하고 있음을 깨달은 최초의 황홀한 순간이 지나면, 그들은 그저 당황하여 갈피를 잡지 못했다. 어느 편이나 성질이 얌전하고, 자기 자신뿐만 아니라 자기들을 길러준 신념이나 자기들이 살아온 사회를 소중히 여기고 있었기 때문이다. 그로서는 순진한 자기 아내를 어찌 배반할 수 있으랴, 또 루스로서도 어찌 아내가 있는 남자와 관계를 맺을 수 있으랴 하고 생각했던 것이다.

그러다가 그들은 자기들의 연애 관계를 그녀가 눈치 챘다는 것을 이윽고 알게 되었다. 남편에게 품고 있던 믿음직스럽던 애정이 흔들리기 시작했던 것이다. 질투심이며, 버림을 받지나 않을까 하는 두려움이며, 남편의 마음을 독차지하는 데 위협을 받게 되는 점에서 일어나는 노여움이며, 그리고 사랑보다 더 괴로운, 야릇한 영혼의 굶주림 등 ― 그때까지는 자기가 느낄 수 있으리라고는 도저히 생각지 못한 온갖 감정이 그녀에게 솟구쳐 일어났다. 만약 남편이 자기를 버린다면 죽어 버리리라고 생각했다. 그러나 설령 남편이 다른 여자를 사랑했다 해도, 그것은 남편이 그것을 구했기 때문이 아니라 그것이 스스로 찾아온 것이라고 그녀는 믿고 있었다. 그러므로 그녀는 존을 탓하지 않았다. '견디어 나갈 힘을 주소서' 하고 그녀는 기도를 올렸다. 말없이 가슴을 쥐어짜는 듯한 눈물을 흘렸다. 존과 루스는 메리가 파리해지는 것을 두 눈으로 똑똑히 보았다.

그것은 길고 쓰라린 싸움이었다. 때로는 용기가 꺾여, 뼛속까지 불태우는 정열에는 대항할 도리가 없다고 느끼는 일도 있었다. 그러나 두 사람은 끝까지 저항했다. 흡사 야곱이 하느님의 사도와 싸웠듯이 그들은 악마와 싸워 드디어 이겼다. 찢어지는 듯한 아픔이었으나 죄에 빠지지 않았다는 자부심을 갖고 두 사람은 헤어졌다. 그들은 행복한 희망, 인생의 기쁨, 이 세상의 아름다움을 희생하여 하느님께 바쳤던 것이다.

루스는 너무나 열정을 바쳐 사랑하였기에 두 번 다시 사랑한다는 것은 생각조차 할 수 없었다. 철석같은 믿음으로 하느님과 선량한 사업에 눈을 돌렸다. 그녀는 지칠 줄 모르는 여인이 되었다. 병자들을 돌보고 가난한 사람들을 도왔다. 고아원을 세우기도 하고 자선기관도 운영하였다. 그러자 그 아름다운 용모도 이제 그녀가 개의치 않게 되자 점점 시들어 가서, 그 얼굴도 마음이나 다름없이 굳어지게 되었다. 그 신앙은 격렬하고 편협한 것이었다. 그녀의 친절한 행위마저 애정이 아닌 이성理性에 의한 것이어서 냉혹한 점이 없지 않았다. 그녀는 오만하고 아량이 없고 앙심깊은 여인이 되었다.

존도 사랑을 단념하였으나 시무룩하고 걸핏하면 화를 내는 사람이 되어, 여생을 아무런 희망도 없이 터덜터덜 걸어가면서, 죽음이 세파의 굴레에서 해방시켜 줄 날만 기다릴 따름이었다. 그에게 있어서 인생은 이미 그 의미를 잃어버린 것이었다. 그는 사랑과의 투쟁에 전력을 다하여 그것을 정복함으로써 자기도 정복되고 만 것이다. 그에게 남아 있는 유일한 감정이란, 아내를 바라볼 때마다 쉴새없이 일어나는 숨은 증오의 정뿐이었다. 겉으로는 사근사근 친절하게 아내를 대하고, 기독교인이고 신사인 사람에게 세상이 기대하는 것은 하나도 빠짐없이 행하였다. 그는 자기 의무를 다하였던 것이다. 메리는 착하고 성실하며, 게다가 사실대로 말하자면 아내로선 더할 나위 없는 여인이었으므로, 남편의 마음을 사로잡은 광적狂的인 연심戀心을 트집잡아 남편을 책망하려고는 전혀 생각지 않았다. 그러나 남편이 자신을 위하여 치른 희생은 도저히 용납하질 못했다.

이윽고 그녀도 성미가 까다롭고 투덜거리는 여인이 되어갔다. 그러한 자기 자신이 원망스럽기도 했으나, 그러면서도 남편의 감정을 건드릴 것이 뻔한 일을 불쑥 입 밖에 내지 않고는 배겨나질 못했던 것이다. 그녀는 남편을 위해서라면 기꺼이 자기의 생명을 희생하고도 싶었지만, 자기가 백 번이나 죽고 싶다고 생각할이만큼 야속한 심정이 되어 있는데 남편이 순간적 쾌락을 즐긴다는 것은 여간해서 참을 수가 없었다.

그런데 그 메리도 이젠 죽었고, 나머지 두 사람도 역시 죽었다. 인생은 흐릿하고 침울한 것이었으나 그것도 모두 끝장이 났다. 그들은 세 사람 다 죄를 저지르지 않았으므로, 지금 그 보상이 바로 가까이에 있었다.

그들이 이야기를 끝내자 침묵이 흘렀다. 하늘의 법정이 모두 침묵에 잠겨 있었다.

'지옥으로 꺼져라'라는 말이 불멸의 신의 입가에까지 나왔으나 차마 입 밖에 내지는 못했다. 그 말에는 속어俗語의 야비한 연상 'Go to Hell〔지옥으로 꺼져라〕은 속어로서 '뒈져라', '거꾸러져라'라는 뜻이 있음 이 따르기 때문에 이 경우의 엄숙한 분위기에 적합치 않다는 것을 직시했기 때문이다. 또한, 사실상 그런 판결로는 이 사건의 시비곡절에 합당한 것은 못 되리라. 그러나 그의 눈살이 찌푸려졌다. 자기가 솟아오르는 태양을 끝이 없는 바다 위에 빛나게 하고, 눈雪을 산꼭대기에서 번쩍이게 해온 것은 이 때문이 아니었던가? 또 냇물이 산허리를 급히 흘러 내리며 즐겁게 노래하고, 황금빛에 빛나는 곡식이 저녁의 산들바람에 이삭을 파도치게 해온 것도 역시 이 때문이 아니었던가 하고 하느님은 자기 자신에게 물었던 것이다.

"나는 때때로 생각하지만, 별이 길가 개울의 흙탕물 속에 그 빛을 반사할 때만큼 아름답게 빛난 적은 없다" 하고 불멸의 신은 말했다.

그러나 세 명의 유령은 아직도 하느님 앞에 서 있었는데, 자기들의 불행한 이야기를 깡그리 해버렸으므로 어쩐지

만족스러운 듯한 느낌이 들지 않을 수 없었다. 정말 괴로운 악전고투였으나 그들은 자신의 의무를 다했다고 여기고 있었다. 불멸의 신은 가볍게 숨을 내쉬었다, 흡사 사람들이 성냥불을 불어 끄듯이. 그런데 보아라! 가엾은 세 명의 유령이 서 있던 곳에는 아무것도 남아 있지 않았던 것이다. 불멸의 신은 그들을 완전히 절멸해 버린 것이었다.

"나는 가끔 기이한 생각이 드는데, 도대체 어째서 인간들은 내가 궤도를 벗어난 성관계를 그렇게 중요시하고 있다고 생각하는 것일까? 만약 좀더 주의하여 내가 만든 것을 이해해 준다면, 특히 이러한 인간적 약점에는 내가 언제나 동정을 기울여 왔다는 것쯤은 깨달을 만도 한데."

그리고 나서 하느님은 철학자에게 고개를 돌렸다. 그 철학자는 자기 의견에 대한 대답을 아직 기다리고 있었던 것이다.

"자, 이번에는 내가 전능과 전선을 사뭇 훌륭하게 결합시켰다는 걸 자네도 인정치 않을 수 없을 걸세" 하고 불멸의 신은 말했다.

메 이 휴

    인간은 대체로 그 주어진 환경 속에서 일생을 보내는 법이다. 숙명에 의하여 정해진 경우는 부득이하다고 단념할 뿐만 아니라, 도리어 기꺼이 그것을 받아들이기까지 한다. 그와 같은 사람들은 만족스러운 듯이 궤도 위를 달리는 전차와 다름없고, 재빠른 싸구려 자동차가 들락날락하면서 질주하거나, 확 트인 시골을 경쾌하게 가로질러 내닫거나 하는 것을 경멸한다. 나는 이런 사람들에게 경의를 표하고 있다. 왜냐하면 그들은 선량한 시민이요, 선량한 남편이요, 선량한 부친이기 때문이다. 물론 세금을 부담하는 자도 있어야 하는데, 그것을 부담하는 이가 바로 그들이다. 그러나 개인적으로 생각해 볼 때, 그러한 사람들이 흥미를 끌 수 있는 사람들이라고는 생각지 않는다. 확실히 하찮은 수효이긴 하지만, 인생을 자기 손아귀에 꼭 쥐고 그걸 자기의 뜻대로 형성해 가고 있는 사람들에게 나는 매력을 느낀다. 인간에게는 자유의지 따위는 없을는지 모르지만, 그러나 어쨌든 자유의지를 갖고 있다는 착각만은 지니고 있다. 이를테면 네거리에 서면 오른편으로나 왼편으로 마음대로 걸어갈 수 있고, 일단 어느 쪽의 코스를 선택하고 나면, 우리들이 세계사世界史 전체의 진로를 따라서 어쩔 수 없이 그러한 코스를 택했다고는 생각하기 어렵기 때문이다.

나는 여태껏 메이휴만큼 재미있는 사람을 만나 본 적이 없다. 그는 디트로이트에서 변호사를 개업하고 있었다. 수완이 능란한, 그만하면 성공한 사나이였다. 서른 다섯에 벌써 많은 단골손님을 갖고 있었고 돈벌이도 상당했다. 이미 상당한 재산을 모았고, 이제부터 한바탕 당당하게 세상에 진출하려고 하던 참이었다. 머리가 좋고 호감이 가는 강직한 인물이었다. 그러므로 그가 이 나라 재계財界나 정계政界에서 유력한 인물이 된다 해도 조금도 이상할 게 없었다.

어느 날 저녁, 그는 한 무리의 친구들과 함께 클럽에 앉아 있었다. 그들은 몹시 술에 취해 있는 것 같았다. 아니 도리어 인간미가 더 잘 드러나 있었는지도 모른다. 그들 중에 최근 이탈리아에서 갓 돌아온 자가 있었는데, 그는 카프리 섬에서 보았다는 집 이야기를 하였다. 나폴리 만灣을 내려다볼 수 있는 언덕 위의 그 집은 나무가 무성한 넓은 정원이 딸려 있었다. 지중해에서도 가장 아름다운 섬의 더할 나위 없는 풍경을 그는 상세히 들려주었다.

"들어 보니 근사한걸. 그거 팔 집인가?" 하고 메이휴는 물었다.

"이탈리아에선 무엇이든 팔린다네."

"그럼 전보를 쳐서 신청해 보세."

"여보게, 대관절 그런 카프리 섬의 집 따위를 무엇하려고?"

"거기서 살지 뭐" 하고 메이휴가 대답했다.

그는 전보용지를 가지러 사람을 보내서 가져오게 한 다음, 전보문을 적더니 그걸 지급전보로 쳤다. 몇 시간 지나자 회답이 왔다. 신청을 수락한다는 내용이었다.

메이휴는 가식이 없는 사람이었으므로, 술 마시지 않았다면 그 따위 허튼 수작 할 게 뭐야 하고 실토하였겠지만, 그러나 술이 깨서도 별반 후회는 하지 않았다. 그는 일시적인 충동이나 감정에 좌우되는 사람은 아니고 퍽 정직하고 진지한 인간이었다. 그러므로 단순한 허세에서였다면 어리석은 짓이라고 깨닫고는 그 방침을 끝까지 관철하려고 하지는 않았을 것이다.

그는 자기가 말한 그대로 실행하기로 마음먹었다. 부자가 되고 싶다는 마음은 없었고, 또 이탈리아에서 살 만한 돈도 이미 충분히 가지고 있었다. 인생에는 덜된 작자들의 쓸데없는 분쟁을 조정하며 일생을 마치는 것보다는, 더 달리 무슨 할 수 있는 일이 있을 것 같았다. 꼭 이것이라는 뚜렷한 계획이 있는 것은 아니었다. 다만 이젠 제공할 만한 것을 아무것도 갖고 있지 않는 그런 생활에서 벗어나고 싶을 따름이었다. 친구들은 아마 그를 미치광이 취급했을 것이다. 그 중에는 그 계획을 단념케 하느라 별의별 짓을 다한 사람도 있었음에 틀림없다. 그러나 그는 자기 신변의 잡무雜務를 정리하고 가재도구를 꾸리고는 출발했다.

카프리 섬은 윤곽이 험준하고 섬뜩한 바위섬으로서 짙은 남빛 바다에 산기슭을 적시고 있었는데, 미소를 짓는 듯한 푸른 포도밭이 그 섬에 보드랍고도 우아한 풍취를 더해 주고 있었다. 다정하면서도 소원疏遠하고 또 활기에 넘쳐 보였다. 메이휴가 이 아름다운 섬에 정착하게 되었다는 것은 이상한 노릇이다. 왜냐하면 이만큼 아름다운 풍경에 둔감한 사람을 나는 만난 적이 없기 때문이다. 그는 도대체 거기서 무엇을 구했는가에 대해서는 나도 잘 모른다. 행복인가, 자유인가, 아니면 단순한 레저 활동인가. 그러나 그가 거기서 무엇을 찾아내었는가는 나는 알고 있다. 마구 사람의 관능을 휘젓는 이 섬에서 그는 오로지 정신적인 삶을 영위했던 것이다.

그 까닭은 이 섬에는 여러 가지 역사적인 사건을 생각나게 하는 유적이 도처에 흩어져 있어서, 옛적의 수수께끼에 싸인 티베리우스 황제의 모습이 항상 이 섬에 얽혀 있었기 때문이다. 그의 집 창문으로부터는 햇빛에 따라 시시각각으로 그 빛이 바뀌는 베수비어스 산의 고상한 봉우리를 배경으로 한 나폴리 만 일대가 바라다 보이고, 고대 로마 사람이나 그리스 사람들을 생각나게 하는 허다한 사적史蹟이 메이휴의 눈에 비치는 것이었다. 과거의 환영幻影이 그의 마음을 사로잡기 시작했다. 그때까지는 해외에 나간 적이 없었으므로 처음 보는 것에 부딪칠 때마다 그것이 그의 공상을 북돋아, 그의 정신에는 창작적 상상력이 솟구쳤다.

그는 정력가였다. 이윽고 그는 역사를 쓰기로 결심했다. 얼마 동안 그는 제재題材를 이것저것 물색하고 있었는데, 드디어 '2세기의 로마제국'을 취하기로 결정했다. 그 시대 일은 그다지 세상에 알려져 있지도 않았고, 또 그에게는 그 시대에 일어난 여러 가지 문제가 현대의 그것과 일맥상통한 점이 있는 것처럼 느껴졌기 때문이다.

그는 문헌을 모으기 시작했고 얼마 안 가서 방대한 장서를 갖추게 되었다. 법률을 전공한 덕분으로 책을 빨리 읽는 버릇이 붙어 있었다. 그는 틀어박혀 일을 착수했다. 이 섬에 와서 처음에는 저녁 때 흔히 외출하여 광장廣場 근처에 있는 조그만 술집에 모여 있는 화가나 작가들과 어울리곤 했는데, 갈수록 어려워지는 연구 활동에 열중한 나머지 어느새 그만두고 말았다. 잔잔한 바다에서 수영을 하거나 상쾌한 포도밭 사이를 산책하는 데에도 익숙해져 있었으나 차츰 시간을 낼 수가 없어 그것도 역시 단념하고 말았다. 그는 디트로이트 시절보다 훨씬 더 일에 열중하였다. 정오에 시작하여 꼬박 밤을 새우기도 했고, 매일 아침 카프리 섬에서 나폴리로 가는 기적 소리로 이제 다섯 시니 잠자리에 들 시간이라고 알아챌 때까지 일을 계속했다.

그가 손을 댄 제목은 더욱 큰 규모와 심오한 뜻을 가지고 그의 눈앞에 전개되어 갔다. 과거의 위대한 역사가들과 어깨를 겨눌 만한 불멸의 대작大作을 그는 마음속으로 상상해 보았다. 세월이 흘러감에 따라, 그는 좀처럼 세속적인 사교도 하지 않게 되었다. 서양 장기를 두든가 토론을 전개하는 경우 이외에는 그를 집 밖으로 꾀어낼 수가 없었다. 그는 상대방과 지혜를 다투기를 즐겼기 때문이다. 이젠 역사뿐만 아니라 철학이나 과학에도 널리 정통해 있었고 논쟁에도 또한 능란해 있었다. 그는 머리 회전이 빠르고 논리적이며 예리한 통찰력이 있었다. 남 못지않게 이기는 것에 기쁨을 느끼긴 했지만, 승리감에 도취되어 상대방을 분통 터지게 하는 그런 일은 없었다. 그는 천성적으로 사람이 좋앉고 친절한 사람이었다.

그가 처음으로 이 섬에 왔을 무렵에는 풍성한 까만 머리칼과 턱수염을 한 굳건한 체구의 건장하고 힘센 사나이였지만, 점점 피부색이 납처럼 창백해지고 몸도 야위고 연약해졌다. 유물론을 열렬히 신봉하던 그가 자기 몸을 돌보지 않는다는 것은 가장 논리적인 이론가에게도 모순된 일이었다. 그는 자기 육체를 억지로라도 정신의 명령에 따르게 할 수 있는 천한 도구라고 생각하고 있었다. 병에 걸리건 피로해 있건 그는 꾸준히 자기 일을 계속하였다. 그는 14년 동안을 한결같이 노력하면서 헤아릴 수 없이 많은 노트를 작성하였고, 그것을 종류별로 분류하였다. 그 제재에 속속들이 정통하게 되자, 마침내 저술에 착수하기 시작했다. 그런데 두문불출하며 저술에 몰두하다가 그만 세상을 뜨고 말았다.

유물론자였던 그가 그렇게도 함부로 마구 다룬 육체가 그에게 복수를 꾀한 것이었다.

악착같이 쌓아 둔 그 방대한 지식은 영원히 사라지고 말았다. 기본 1737~1794. 영국의 역사가 이나 몸젠 1817~1903 독일의 역사학자 못지않은 명성을 얻으려고 했던 그의 원대한 야망은 물거품이 되고 말았다. 지금은 그에 관한 기억이 겨우 친구들 몇 사람의 가슴 속에만 고이 간직되어 있을 뿐이다. 슬프게도, 세월이 흘러감에 따라 그것마저도 점차 그 수효가 줄어들 것이다. 그는 살아 있을 때 그러하였듯이, 죽어서도 세상에는 전혀 알려지지 않은 인간이었던 것이다.

그러나 나에게는 그의 생애는 성공적인 것이었다. 그의 삶은 더할 나위 없이 완전한 것이었다. 즉 그는 자기가 하고자 하는 일을 하다가 결승점을 바로 눈앞에 두고 세상을 떠났던 것이다. 그러므로 목적이 달성되었을 때의 그 환멸의 비애 따위를 맛보지 않아도 되었기 때문이다.

개미와 베짱이

　내가 아주 어렸을 때, 나는 라퐁텐느의 우화寓話를 몇 개 암기하도록 강요받았는데, 그 하나하나 속에 포함되어 있는 교훈이 지금도 잊혀지지 않는다. 그렇게 배운 우화 가운데 〈개미와 베짱이〉라는 게 있었다. 그 이야기는, 불완전한 세상에서는 부지런하면 그 보답이 있지만 들떠 놀아나면 벌을 받는다는 유익한 교훈을 젊은이들에게 심어 주는 내용으로 꾸며져 있다. 누구나 다 비록 정확하지는 못하나마 알고 있다고 예의상 이야기한다는 것은 미안한 일이지만, 이 경탄할 만한 우화란 이러한 내용이다.

　개미가 여름 동안 부지런히 일하여 겨울 먹이를 저장하고 있는 데 반하여, 베짱이란 놈은 풀잎에 도사리고 앉아서 태양을 향하여 노래만 부르고 있었다. 겨울이 오자, 개미는 안락하게 지내고 있었건만 베짱이의 곳간은 텅 비어 있었다. 베짱이는 개미에게 가서 먹을 것을 좀 달라고 간청했다. 그때 개미는 베짱이에게 누구나 다 알고 있는 대답을 한다.

"자넨 여름 동안 무얼 하고 있었나?"

"자네가 열심히 일하는 동안, 난 밤낮을 가리지 않고 노래만 하고 있었다네."

"맞아, 노래를 불렀었지. 그럼, 춤이나 추러 가는 게 어떤가?"

조그만 아이였던 나에게는 이 교훈이 감명을 주지 못했는데, 그 이유는 괴팍한 내 성질 때문이 아니라 선악을 가리지 못하는 어린 시절에 흔히 있는 모순 때문이었으리라. 나는 게으름뱅이 베짱이에게 동정을 느껴, 얼마 동안은 개미를 보기만 하면 짓밟아 버리지 않고서는 도저히 직성이 풀리지 않을 정도였다. 그러나 나는 이렇게 손쉬운 방법으로 — 내가 완전히 성인이 되어 느낀 것이지만 — 사리 분별이나 상식 따위에 찬성할 수 없다는 생각을 나타내고 싶었던 것이다.

언젠가 어느 레스토랑에서 조지 람제이 씨가 혼자서 점심을 먹고 있는 것을 보았을 때, 나는 이 우화를 생각해 내지 않을 수 없었다. 나는 이 사람만큼 정말 우울한 표정을 지닌 사람을 본 적이 없었는데, 그는 물끄러미 허공만 노려보고 있었다. 마치 온 세상의 짐을 자기 혼자 도맡아 걸머지고 있는 것처럼. 나는 그가 가엾어졌다. 또 저 불운한 사람의 아우가 또 말썽을 일으킨 것이 아닌가 하고 대뜸 생각했다. 나는 조지에게 다가가서 손을 내밀었다.

"안녕하십니까?"

"전 기분이 유쾌하지 않아요" 하고 그는 대답했다.

"또 톰이 무얼 저질렀나요?"

그는 한숨을 내쉬었다.

"네, 또 그 녀석 때문입니다."

"왜 내쫓지 않으세요? 당신은 지금까지 그를 위해서 할 수 있는 건 다 해 오셨잖아요. 그는 정말 희망이 없다는 걸 이젠 당신도 깨달으셔야죠."

어느 가정이든 간에 하나쯤은 골칫거리가 있는 법이다. 톰은 20년 동안 이 가족에게 큰 골칫거리였지만 처음에는 제법 남부럽지 않게 출발했던 것이다. 직장에 들어가고 결혼을 해서 두 아이를 두었었다. 람제이 가家는 매우 훌륭한 가문이었으므로, 톰 람제이가 장차 쓸모 있는 훌륭한 인물이 되리라고 세상에서 생각한 것은 당연한 일이었다.

그런데 하루는 갑자기 톰은 일이 싫어지고, 자기는 결혼

생활에 적합하지 않는 사람이라고 선언해 버렸다. 자기 자신의 생활을 즐기고 싶다는 것이었다. 그는 어떠한 충고에도 귀를 기울이려고 하지 않았다.

그는 아내를 버리고 직장도 뛰쳐나왔다. 돈이 조금 있어서 2년쯤은 유럽의 몇몇 도시에서 즐거운 세월을 보냈다. 때때로 그의 행적에 관한 소문이 일가 친척의 귀에 들어가서, 그들에게 커다란 충격을 주기도 했다. 그는 정말 호화판 생활을 보내고 있었다. 그래서 친척들은 고개를 살래살래 흔들며, 돈을 탕진했을 때에는 도대체 어찌될 것인가 하고 걱정하곤 했다.

이윽고 그러한 우려가 현실로 나타나고 말았다. 톰이 돈을 꾸기 시작한 것이다. 그는 몰염치했지만 매력 있는 사람이었다. 나는 그 사람만큼 돈을 꾸어 달라는 것을 거절하기 어려운 사람을 결코 만난 적이 없다. 그는 끊임없이 친구에게서 돈을 빌었는데, 그런 친구들이 쉽게 생겨났던 것이다. 하지만 생활의 필요에 쫓기어 쓰는 돈 따위는 재미가 없다고 그는 항상 말하는 것이었다. 써서 신바람이 나는 것은 사치스런 것에 쓴 돈이라고 하였다. 이것 때문에 그는 형인 조지에게 의지하지 않으면 안 되었다. 그는 자기 형에게는 타고난 자신의 매력을 발휘하려고 들지는 않았다. 조지는 진지한 사람이어서 그런 유혹에는 무감각했던 것이다. 조지는 근엄한 인간이었다.

한두 번 톰이 생활 태도를 고친다는 약속에 따라, 새 출발을 하기 위해서라면 하고 상당한 금액을 건네 준 일이 있었다. 그런데 그 돈을 가지고 톰은 자동차라든가 멋들어진 보석을 사 버리곤 했다. 아우가 정신을 차릴 기미가 전혀 보이지 않는다는 것을 주위의 사정으로 알아채고, 조지 람제이 씨는 동생인 톰과 손을 딱 끊고 말았다. 그랬더니 뻔뻔스럽게도 톰은 형을 공갈 협박하기 시작했다.

존경을 받을 만한 법률가인 조지로서는 자기 단골 레스토랑 카운터 뒤에서 자기 아우가 칵테일을 만들고 있거나, 자기가 다니는 클럽 밖에서 택시 운전대에 앉아 그를 기다리고 있거나 하는 꼴을 본다는 것은 그리 기분 좋은 일은 아니었다. 톰은 술집에서 일하는 것이라든지 택시를 운전하는 것은 조금도 몹쓸 직업은 아니지만 만약 형이 2백 파운드의 돈만 준다면 가문의 명예를 위하여 그 따위 직업을 그만두겠다고 말하는 것이었다. 그래서 조지는 2백 파운드의 돈을 선선히 내주었다.

한 번은 톰이 하마터면 감옥에 들어갈 뻔했다. 조지는 몹시 당황했다. 그는 이 수치스런 사건을 샅샅이 조사해 보았다. 정말로 톰은 엉뚱한 짓을 저지르고 만 것이었다. 그는 지금껏 방종하고 지각없이 제멋대로 살아오기는 했지만 결코 부정한 일은 저지른 적이 없었다. 조지가 말하는 부정한 일이란, 법에 걸릴 만한 나쁜 짓을 한 적이 없었다는 것이다. 그런데 이번에는 그가 고소되기만 하면 유죄 선고를 받을 것은 뻔한 일이었다. 그러나 단 하나밖에 없는 아우가 감옥에 처박히게 되는 것을 형으로서 가만히 보고만 있을 수는 없는 노릇이었다.

톰에게 사기를 당한 사람은 크론쇼란 자였는데 앙심깊은 사내였다. 그는 사건을 재판에 넘기겠다고 호통을 쳤다. 톰은 불한당이므로 처벌을 받아야 한다는 것이었다. 이 사건을 해결하기 위하여 조지는 많은 고통을 받았을 뿐만 아니라 5백 파운드의 돈까지 쓰게 되었던 것이다.

그러나 톰과 크론쇼는 그 5백 파운드의 수표를 현금으로 바꾸기가 무섭게 둘이서 몽테 카를로로 날라 버렸다. 이 말을 들었을 때만큼 조지가 노발대발한 것을, 나는 본 적이 없다. 톰과 크론쇼는 그곳에서 호화판으로 한 달을 지냈던 것이다.

20년 동안 톰은 경마며 도박에 열중하고, 제일 멋들어진 계집들의 꽁무니를 쫓아다니고, 춤을 추거나 최고급 레스토랑에서 식사를 하고 옷치장만 하면서 지냈다. 언제 보아도 옷상자에서 갓 나온 듯한 말쑥한 차림을 하고 있었다. 마흔여섯 살의 나이였지만 서른다섯 이상으로 보는 사람은 아무도 없었다.

   그는 정말 재미있는 친구였기 때문에, 보잘것없는 건달이라고 뻔히 알고 있으면서도 그와 만나는 동안은 어쩔 수 없이 즐거워지는 것이었다. 그는 의기양양하여 언제나 명랑했고 믿을 수 없을 만큼 매력이 넘쳐 흘렀다. 그래서 그가 생활필수품을 산다고 꼬박꼬박 내게 돈을 빌러 와도 나는 선뜻 돈을 건네 주었다. 내가 50 파운드의 돈을 빌려 주었을 때도, 오히려 내가 그에게 빚지고 있는 것처럼 느껴지는 것이었다. 톰 람제이는 모르는 사람이 없었으며, 또한 톰 람제이를 모르는 사람도 거의 없었다. 그가 하는 짓은 마음에 거슬렸지만, 인간으로서의 그를 좋아하지 않을 수는 없는 것이었다.

   가엾게도 조지는 이 말썽꾸러기 아우와 단 한 살 차이밖에 없었지만 예순 살이나 되어 보였다. 25년 동안, 그는 1년에 두 주일 이상 휴가를 얻은 예가 없었다. 매일 아침 아홉 시 반에는 사무실에 나가 있었고, 저녁에는 여섯 시를 넘지 않으면 집에 돌아오지 않았다. 그는 정직하고 부지런하며 훌륭한 인간이었다. 얌전한 아내가 있었고, 다른 여인들과 바람을 피운다거나 하는 것은 꿈에도 생각지 않았으며, 넷이나 되는 딸에게는 그야말로 더할 나위 없이 훌륭한 아버지였다. 그는 수입의 3 분의 1 은 세상 없어도 꼬박꼬박 저금을 하기로 하였고, 쉰다섯 살이 되면 은퇴하여 시골에 아늑한 집을 구하여 정원을 가꾸기도 하고 골프를 즐기기도 하리라는 계획을 세우고 있었다. 그의 생활은 나무랄 데라곤 한 군데도 없었다. 조지는 빨리 나이가 들었으면 하고 바랐다. 왜냐하면 톰도 따라서 나이를 먹기 때문이었다. 그는 손을 비비면서 이렇게 말했다.

"톰이 젊고 얼굴이 반반한 동안은 뭐 이러쿵저러쿵 할 건 없지만, 그는 나보다 꼭 한 살 아래란 말입니다. 이제 4년만 있으면 그 녀석도 50이 되거든요. 그렇게 되면 지금처럼 만사가 식은죽 먹기로 되진 않는다는 걸 알 테지요. 나로서는 50이 될 때까진 3천 파운드의 돈이 모일 테고. 지난 25년 동안, 톰은 끝장에 가서는 거덜이 나는 수밖에 없겠지 하고 나는 말하여 왔습니다. 그때 가서 녀석에게 어떤 심정이 드나 두고 봅시다. 최선을 다해 부지런히 일하는 것과 빈둥빈둥 노는 것 중 어느 편이 정말 이득을 볼 것인지를 알 수 있을 테니까요."

가엾은 조지여! 나는 그를 동정하고 있었다. 나는 조지 옆에 앉아서 대관절 그 톰 녀석이 어떤 패가망신할 짓을 저질렀을까 하고 곰곰이 생각하고 있었다.

조지가 몹시 당황하고 있다는 것이 눈에 보일 정도였다.

"이번엔 무슨 일이 있었는지 아십니까?" 하고 그는 내게 물었다.

 나는 물론 최악의 경우를 생각하고 있었다. 톰이 경찰의 손에 걸린 것이 아닐까 하는 생각도 해보았다. 조지는 쉽게 이야기할 기분이 나지 않는 모양이었다.

 "당신은 내가 부지런하고, 점잖고, 남부끄럽지 않은 올바른 삶을 살아 왔다는 걸 부정하지 않으시겠지요. 뼈 빠지게 일하여 절약해 온 나는, 노후에는 수익성이 높은 노른자위 증권에서 들어오는 적은 수입을 목표로 은퇴할 수 있을 것을 기대하고 있습니다. 나는 항상 하느님의 뜻을 만족시켜 드리는, 내 신분에 있어서 내게 부과된 의무를 꾸준히 다해 왔단 말입니다."

 "물론이죠."

 "그리고 톰이 게으름뱅이이고 아무 쓸모없는 바람둥이이며, 말을 하기도 부끄러운 건달이란 것도 당신은 부인하지 않으실 겁니다. 인과응보라는 게 있다고 하면 녀석이야말로 빈민굴貧民窟 행이 아니겠습니까?"

 "사실입니다."

 조지는 점점 얼굴을 붉혀 가면서 말을 이었다.

 "몇 주일 전 톰은 자기 어머니뻘 되는 부인과 결혼했답니다. 그런데 지금은 그 여인이 죽어서 그녀가 갖고 있던 재산이 몽땅 그 녀석의 손에 굴러 들어오지 않았겠어요?

돈이 50만 파운드, 요트 한 척, 런던에 있는 저택, 게다가 시골의 별장까지……."

조지 람제이는 불끈 쥔 주먹으로 테이블을 힘껏 내려쳤다.

"이건 공평치 못해, 공평치 못하단 말이야. 제기랄, 이건 정말 공평치 못하다니깐."

나는 도저히 참을 수가 없었다. 조지의 화가 치민 시뻘건 얼굴을 보고 큰 소리로 웃어댔다. 의자에서 배꼽을 잡고 웃다가 하마터면 마룻바닥으로 굴러 떨어질 뻔했다. 조지는 이런 나의 결례를 언제까지나 용서해 주지 않았다.

한편 톰은 산해진미의 만찬을 차려놓고, 메이페이에 있는 으리으리한 저택으로 때때로 나를 초대하곤 했다. 그가 설사 내게서 돈을 얼마 꾼다고 하면, 그것은 그저 지금까지의 습관에서 벗어나지 못한 탓이며, 그 금액도 1파운드를 넘는 일은 결코 없었다.

연 보

1874년 1월 25일, 파리에서 출생.
1882년 결핵으로 모친 사망.
1884년 부친 병사病死. 목사인 숙부에 의해 영국에서 양육됨.
1890년 건강이 나빠져 영국 캔터베리 킹즈 스쿨 중퇴.
1891년 독일 하이델베르크 대학에 유학.
1892년 영국으로 돌아옴. 런던의 성 토마스 병원 부속 의과대학에 입학.
1897년 처녀작《램베스의 라이자 Liza of Lambeth》장편 출간. 장편《성자 만들기 The Making of a Saint》집필. 의과대학을 졸업했으나 작가를 지망하여 스페인의 세빌랴에 정주하며 집필을 계속함.
1898년 로마까지 여행함.《덕망 있는 사람 A Man of Honour》집필.《성자 만들기》출간.
1899년 단편집《오리엔테이션즈 The Orientations》출간.
1901년 장편《영웅 The Hero》출간.
1902년 장편《크래독 부인 Mrs. Craddock》출간. 최초의 단막극인《난파선 Schiffbrueching, Ship wrecked》이 베를린에서 상연됨.
1903년 희곡《덕망 있는 사람》출간, 상연됨.

1904년 장편 《회전목마 The Merry Go Round》 출간. 파리에 살면서 예술 지망 청년들과 교제.
1905년 기행문 《성처녀의 나라 The Land of the Blessed Virgin》 발표.
1906년 장편 《주교의 앞치마 The Bishop's Apron》 출간.
1907년 시칠리 섬을 여행함. 희곡 《프레드릭 부인 Lady Fredrick》을 상연하여 대성공을 거둠.
1908년 장편 《탐험가 The Explorer》와 《마법사 The Magician》 출간.
1912년 장편 《인간의 굴레 Of Human Bondage》 집필.
1914년 《인간의 굴레》 탈고脫稿. 제1차 세계대전 발발. 적십자 야전병원 부대에 지원하여 프랑스 전선에 종군. 그 후 첩보기관에서 활약.
1915년 제네바에서 첩보 활동. 결혼함. 《인간의 굴레》 출간.
1916년 타이티 섬을 비롯하여 남태평양의 여러 섬을 여행하며 화가 폴 고갱의 자료를 수집.
1917년 비밀 임무를 띠고 러시아에 잠입.
1918년 건강이 악화되어 스코틀랜드 북부의 노드락 온디 요양원에서 투병 생활. 희곡 《높은 사람들 Our Bertters》 상연.
1919년 장편 《달과 6펜스 The Moon and Sixpence》 출간.
1920년 중국을 여행함. 희곡 《무명인 The Unknown》 상연.
1921년 단편집 《흔들리는 나뭇잎 The Trembling of a Leaf》 출간. 희곡 《수에즈의 동쪽 East of Suez》과 《순환 The Circle》 상연.
1925년 장편 《허위의 면사포 The Painted Veil》 출간.

1926년　단편집 《카수아리나 나무 The Casuarina Tree》 출간. 희곡 《정숙한 아내 The Constant Wife》 상연.

1927년　희곡 《편지 The Letter》 상연.

1928년　단편집 《아쉔덴 Ashenden》 출간. 희곡 《성화 The Sacred Flame》 뉴욕에서 상연.

1929년　이혼함. 외동딸 엘리자벳이 있음.

1930년　장편 《과자와 맥주 The Cake and Ale》 출간. 희곡 《밥벌이꾼 The Bread-winner》 상연.

1931년　단편집 《1인칭 단수 First Person Singular》 출간. 희곡 《순환 The Circle》 재상연.

1932년　단편집 《책가방 The Book Bag》, 장편 《좁은 구석 The Narrow Corner》 출간. 희곡 《수고 For Services Rendered》 상연.

1933년　단편집 《아, 왕이여 Ah King》 출간. 마지막 희곡 작품인 《쉐피 Sheppy》 상연. 연극과 결별 선언.

1934년　단편집 《모두 함께 Altogether》 출간.

1936년　단편집 《코스모폴리턴즈 Cosmopolitans》 출간. 기행문 《나의 남태평양군도 My South Sea Islands》 발표. 남미와 서인도제도를 여행함.

1937년　장편 《극장 Theatre》 출간.

1938년　자서전적 회상 《서밍업 The Summing Up》 출간. 인도를 여행함.

1939년　장편 《크리스마스 휴가 Christmas Holiday》 출간. 제2차 세계대전 발발.

1940년   평론 《전쟁중인 프랑스 France at War》, 《독서 안내 Book and You》 발표. 단편집 《과거의 교착 The Mixture as Before》 출간.

1941년   중편 《별장에서 Up at the Villa》, 자서전 《극히 사적인 이야기 Strictly Personal》 출간.

1942년   장편 《동트기 전 The Hour before Dawn》 발표.

1944년   장편 《면도날 The hazor's Edge》 출간.

1946년   장편 《옛날과 지금 Then and Now》 출간.

1947년   단편집 《환경의 동물 The Creatures of Circum-stances》 출간.

1948년   단편집 《여기저기 Here and There》와 장편 《카탈리나 Catalina》 출간. 평론 《위대한 작가와 그들의 작품 Great Novelist and Their Novels》 발표.

1949년   수필집 《어느 작가의 수첩 A Writer's Notebook》 출간.

1950년   축소판 《인간의 굴레》 출간.

1951년   평론 《작가의 시점 The Writer's Point of View》 발표.

1952년   평론집 《방랑의 무드 The Vagrant Mood》 출간.

1954년   평론 《10명의 작가와 그들의 작품 Ten Novelists and Their Novels》 발표.

1958년   평론집 《관점 Points of view》 출간. 이 책으로 60년 동안의 작가 생활에 종지부를 찍는다고 선언함.

1965년   12월 16일, 남南 프랑스 니스에서 노환老患으로 세상을 떠남.

* **옮긴이 | 이호성**

미국 오하이오 주립대학교 대학원 영문과 졸업(문학석사).
동국대학교 영문과 교수 역임.
역서 :《현대 영국 단편집》,《현대 미국 단편집》
　　《영미 여류 작가선》,《헤밍웨이 걸작선》등이 있음.

서머셋 몸 작품집

초판 1쇄 발행 / 2017년 4월 20일
초판 4쇄 발행 / 2021년 7월 10일

지은이　서머셋 몸
옮긴이　이호성
펴낸이　윤형두
펴낸데　종합출판 범우(주)

등록번호　제406-2004-000012호
등록일자　1966년 8월 3일
주소　　　(10881) 경기도 파주시 광인사길 9-13 (문발동)
전화　　　031)955-6900~4, 팩스 031)955-6905

잘못된 책은 바꾸어 드립니다.

ISBN 978-89-6365-164-4
　　　978-89-6365-161-3(세트)

홈페이지 www.bumwoosa.co.kr
이메일 bumwoosa1966@naver.com